나만 믿고
따라와

나만 믿고 따라와

발행일	2016년 8월 12일

지은이	이 순 환		
펴낸이	손 형 국		
펴낸곳	(주)북랩		
편집인	선일영	편집	김향인, 권유선, 김예지, 김송이
디자인	이현수, 신혜림, 윤미리내	제작	박기성, 황동현, 구성우
마케팅	김회란, 박진관, 오선아		
출판등록	2004. 12. 1(제2012-000051호)		
주소	서울시 금천구 가산디지털 1로 168, 우림라이온스밸리 B동 B113, 114호		
홈페이지	www.book.co.kr		
전화번호	(02)2026-5777	팩스	(02)2026-5747

ISBN	979-11-5987-127-6 03810(종이책)	979-11-5987-128-3 05810(전자책)

이 도서의 국립중앙도서관 출판예정도서목록(CIP)은 서지정보유통지원시스템 홈페이지(http://seoji.nl.go.kr)와
국가자료공동목록시스템(http://www.nl.go.kr/kolisnet)에서 이용하실 수 있습니다.
(CIP제어번호 : CIP2016018935)

성공한 사람들은 예외없이 기개가 남다르다고 합니다.
어려움에도 꺾이지 않았던 당신의 의기를 책에 담아보지 않으시렵니까?
책으로 펴내고 싶은 원고를 메일(book@book.co.kr)로 보내주세요.
성공출판의 파트너 북랩이 함께하겠습니다.

절망에 맞서 **가족**과 함께 **세계여행**을 떠난
한 벤처기업 CEO의 **희망 만들기 프로젝트**

나만 믿고 따라와

이순환 지음

북랩 book Lab

Prologue

. . . .

완전범죄

돌이켜보면 내 인생은 노를 잃어버린 사공과 같았다. 주변 상황과 사람들의 시선이라는 물살에 의해 내 삶의 조각배는 언제나 내 의지와는 상관없이 흘러갔다. 선택하기보다 선택되거나 결정하기보다 강요당한 삶이었다. 배를 조종할 능력을 잃은 사공은 거친 물살에 요동치는 배 위에서 두려움에 질릴 뿐이다.

대학원을 졸업하고 건설회사의 연구소에서 사회생활을 시작했다. 실력 있고 친절한 동료들과 함께 기술자로서의 역량을 즐겁게 발휘할 수 있는 곳이었다. 첫 직장은 내가 항상 꿈꾸어 왔던 이상적인 모습과 비슷했다. 하지만 5년 정도 근무하면서 나는 차츰 조직 생활의 불합리한 부분을 경험하게 되었다. 내 꿈을 이루기에는 결코 넘지 못할 한계가 있다는 현실도 체감했다. 내 가슴의 열정은 조금 더 많은 것을 원했다. 완벽한 준비가 되어있었던 것은 아니었지만 내 인생에 모험이 필요하다는 강한 욕구를 떨쳐버릴 수 없었다. 가슴속에 꿈과 욕망이 가득했던 나는 오래 망설이지 않았다. 사직서를 내고 당시 막 붐이 일고 있던 인터넷 콘텐츠 사업에 뛰어들었다. 신도시에서 가장 큰 백화점과 제휴를 맺고 콘텐츠를 모았다. 광고 수주 영업을 하면서 열정을 쏟아부었다. 하지만 운영비로 쓰던 퇴직금이 모두 소진되어 가는 동안 수익은 거의 발생하지 않았고 기대했던 투자유치는 실패했다. 회사를 폐업하던 날, 내가 앉던 의자 하나만 들고 집으로 돌아왔다. 성급함과 무모함을 후회하면서 한동안 할 일없이 시간을 보내야 했다. 옛 직장으로 돌아갈 수도 없었고 다시 시작할 사업 아이디어가 있는 것도 아니었다. 막연히 세월을 보내는 동안 생활비는 순식간에 바닥나고 있었다.

그즈음 아내는 둘째 아이를 임신하고 있었다. 소갈비가 먹고 싶다는 아내를 데리고 집 근처 갈빗집에 갔지만 메뉴판에 적힌 갈비 가격은 내가 감당하기 힘들었다.

"갈비 일인분도 주문 될까요?"

조심스럽게 묻는 내게 종업원은 피식 코웃음을 치면서 거절했다. 주저하는 내 표정을 알아차린 아내가 갈비 대신 갈비탕 두 그릇을 주문했다. 잠시 뒤 상에 놓인 갈비탕은 뚝배기 바닥이 훤히 보이는 멀건 국물에 고깃덩어리 두어 개와 파 몇 조각이 전부였다. 둥둥 떠다니는 기름기가 내 입맛을 쫓아냈지만 아내는 내가 건져준 갈비까지 맛있게 뜯어 먹었다. 자기를 물끄러미 쳐다보고 있는 내게 아내는 어린아이 같은 미소를 보내주었다. 나는 부끄럽고 서러운 마음에 가슴이 울컥 치솟았다.

다음 날 아침에도 나는 여전히 할 일이 없었다.

'어제 갈비탕 먹었던 식당 정도 운영하려면 자금이 얼마나 들까? 할 일도 없는데 한 번 알아나 볼까?'

신도시에서 음식점거리로 가장 유명한 지역의 부동산 중개사무소를 방문했다.

"저, 음식점 매물 나온 거 있을까요?"

"그럼요. 있죠. 우선 이쪽에 앉으세요. 차 한 잔 드릴까요?"

사무소의 유일한 직원으로 보이는 중년의 아주머니가 자리를 권했다. 나를 훑어보는 중개인의 눈길이 느껴졌다. 손님을 맞는 솜씨가 노련하고 태도가 극진했다.

"어떤 음식점을 하시려고?"

"저, 갈빗집이나, 그런 거⋯⋯."

물론, 나는 내가 팔아야 할 메뉴조차 정하지 않았다. 그저 전날 저녁 돈이 없어서 먹지 못한 갈비를 떠올렸을 뿐이었다.

"딱 맞는 게 있네! 위치가 너무 좋아, 여긴 뭘 해도 대박이야, 일단 한 번 가보고 금액은 조정하죠."

하는 일 없이 시간이나 때우려던 나는 부동산업자의 손에 이끌려 가게 자리까지 보러 가게 되었다. 신도시에서 가장 큰 공원의 주차장 입구 사거리에 위치한 식당은 호수가 내려다보이는 전망이 멋지고 유동인구도 많은 곳이었다.

"권리금이 좀 있긴 하지만, 젊은 사장님 딱 보니 음식점 처음 하시는 것 같은데, 사정 이야기하고 좀 깎아 달라고 해볼게요."

"그럼 좀 더 싸게 가격 조정 잘 해주세요."

나는 금방이라도 계약할 듯이 너스레를 떨었다. 음식점 운영에 대한 정보와 경험이 전혀 없었지만 그 정도 위치라면 뭘 해도 되겠다 싶은 생각도 있었다.

'어제 그 갈비탕 식당은 음식이 성의도 없고 서비스가 그렇게 불친절해도 손님이 줄을 서 있었잖아!'

그 정도 입지라면 경험 없는 나도 크게 성공할 수 있을 것 같았다. 한번 해봐야겠다는 결심이 서자 음식점 운영 아이디어가 머릿속을 온통 휘젓기 시작했다.

'투자금은 어떻게 마련할까? 집을 담보로 대출을 받으면 조금 빠듯하지만 못 구할 것도 없지! 음식은 뭘 팔지? 한국 사람은 고기를 제일 좋아하니까 갈비가 좋겠다! 허름한 고깃집이 아니라 카페같이 산뜻한 곳에서 가족들이 편안하게 식사할 수 있는 컨셉으로 인테리어를 하고 독특한 메뉴를 개발하자. 상호는 무엇으로 하지?'

꼬리를 무는 생각들 때문에 새벽녘에야 겨우 잠이 들었다. 날이 바뀌고 다음 날이 되자 전날의 흥분이 가라앉으면서 마음은 다시 평정을 찾았다.

'경험 없는 내가 어떻게 음식점을 할 수 있겠어? 그래! 말도 안 되지! 그럼. 아! 그런데 위치가 너무 좋아!'

미련이 남긴 했지만 음식점 운영은 전혀 현실성 없는 일이었다. 정오가 조금 지나자 전화벨이 울렸다. 어제 만났던 부동산 업자의 목소리였다.

"이 사장님, 어떻게 결정하셨습니까?"

"어, 아니. 아직요."

"빨리 결정하셔야 합니다. 자리가 좋아서 여러 사람이 마음에 들어 하는데, 젊은 사람이 사업해본다고 하는데 도와줘야겠다 싶어서 특별히 이사장님께 먼저 전화 드립니다. 아! 그리고 매도자한테 잘 말해서 권리금도 조금 더 깎았습니다."

"예, 감사합니다. 그래도 아직 자신이 없어서요."

진심으로 나를 위해 주는듯한 상대방의 제안을 딱 잘라 거절할 수 없었다. 나는 우물쭈물 대답을 미루었다.

"내가 요식업 협회에 아는 사람이 많으니까, 그 사람들 도움을 받으면 크게 문제없을 겁니다. 오늘 오후까지 결정하세요, 일단 계약금부터 걸어놓고 생각해보세요. 신도시에서 이만한 위치에 이만한 값으로 이런 물건은 구하기는 어렵습니다. 오후에 다시 전화 드리겠습니다."

동정심 가득한 부드러운 목소리로 나를 달래던 중개인은 때로는 내 자존심을 자극하는 다급한 목소리로 내 결정을 재촉했다. 마치 내가 큰 기회를 놓치고 있는 우유부단한 사람으로 느끼도록 만들었다. 갑자기 마음이 혼란스러웠다. 전화를 끊고 다시 찾아간 가게는 보면 볼수록 위치가 정말 좋았다. 나는 다시 한 번 부동산사무소를 방문했다. 기다렸다는 듯 부동산업자의 회유가 이어졌다.

"아! 오셨군요. 그러지 않아도 막 전화 드리려고 했는데, 그 자리 매수하려는 사람이 어제 저녁에 한사람 더 나타났어요. 오늘 오후에 계약할지 말지 결정하기로 했으니까, 우리 젊은 사장님이 빨리 결정해야 해요. 이렇게 좋은 물건은 놓치면 정말 아깝습니다."

집으로 돌아와 아내의 의견을 물었다. 언제나 그렇듯 아내는 내 결정을 믿는다고 했다. 나의 음식점사업은 그렇게 무엇엔가 홀린 것처럼 결정되었다. 하지만 한 번 하겠다는 결심을 하니 아이디어가 샘솟았다. 메뉴는 갈비로 결정했다. 색다른 식당으로 보이기 위해 인테리어를 세련되게 설계했고 서비스 질을 높이기 위해 손님들을 응대하는 직원들의 행동과 말 하나까지 매뉴얼로 만들었다. 상호를 결정하고 간판과 메뉴판 디자인까지 직접 했다. 음식점은 예상처럼 순조롭게 운영되었다. 공원에 인접한 곳이어서 특히 주말에 사람들이 많이 몰렸다. 저녁 시간에는 대기하는 손님에게 번호표를 나누어 주어야 할 정도로 성황이었다. 손님들의 평가도 나쁘지 않았다. 그러나 처음 해보는 하루 12시간의 육체노동과 휴일 한 번 없는 근무여건은 견디기 어려웠다. 다양한 요구를 하는 손님들 비위를 맞추어야 했고 막무가내 직원들을 통제해야 했다. 이런 어려움은 가게가 바빠질수록 나를 더욱더 힘들게 했다. 높은 매출에도 불구하고 회계 관리가 미숙해서 수익이 예상보다 많지 않았다.

3년 정도 가게를 운영하고 있을 즈음, 지주가 돌연 자신의 땅을 매입하라는 권유를 했다. 모아둔 자금이 없었던 나는 그의 제안을 거부할 수밖에 없었다. 나의 임대 기간이 끝나기를 기다려 그는 낡은 건물을 헐고 새로 짓겠다고 통보했다. 신축에 필요한 자금은 내게 보증금을 올려 받아 충당하려는 계획이었다. 지주의 계획에 응하지 않는다면 나는 옛집을 고칠 때 투입한 건축비와 권리금을 회수하지 못하고 매장을 고스란히 넘겨주어야 할 처지가 되었다. 매장확장을 통해 얻을 수 있는 수익과 더 많은 투자에 따르는 위험 사이에서 심각한 고민을 해야 했다. 밀려드는 손님들을 감당하지 못할 만큼 성황이라 사업성은 충분하다고 판단했지만 자금을 구할 일이 막막했다. 3년 동안의 낯설고 고된 영업 때문에 심신이 극도로 지쳐있는 상태이기도 했다. 그쯤에서 그만두고 싶었지만 그대로 가게를 지주에게 넘겨버리면 금전적 손해가 너무 컸다. 그러다가 우연히 신문에서 뉴스를 읽었다. 낡은 나이트클럽을 인수한 조직폭력배들이 고의로 불을 질러 거액의 화재보험금을 타내고 그 돈으로 인테리어를 고친 후 새로운 이름으로 영업을 하다가 방화혐의로 무더기 구속을 당했다는 내용이었다. 그렇지! 이거다. 나도 개업할 때 가입한 화재보험이 있었다. 보상금액이 제법 커서 가게에 화재만 저절로 발생해준다면 보상금이 투자금보다 많을 것이었다. 수억 원의 손해가 예상되는 상황에서 나는 차마 직접 불을 지를 수는 없을지라도 당연히 해야 할 주의를 소홀히 함으로써 내 의도를 실현시킬 수 있을 것 같았다.

그때부터 나는 가게에 저절로 화재가 발생될 방법이 무엇일까? 하고 궁리하기 시작했다. 일부러 석유 난로의 불을 끄지 않고 퇴근하면서 난로가 과열되어 불길이 일어나기를 기대했지만, 아침에 출근하여 문을 열면 화재는 고사하고 난로에 석유 떨어졌다는 경고음만 삑삑 요란하게 울렸다. 하루는 주방의 전기밥솥 콘센트를 살짝 느슨하게 빼두었다. 평소에 가끔 과부하가 걸려 콘센트에서 불꽃이 튀는 것을 보았기 때문이었다. 하지만 다음 날 아침에 출근하면 밥 익는 냄새가 고소하게 풍겨 나올 뿐, 낡은 전기밥솥은 나의 기대를 저버리고 하얀 수증기를 맛있게 뿜어내며 안전하게 작동하고 있었다.

임대계약이 만료되는 날짜가 가까워지면서 나는 점점 더 초조해지기 시작했다. 당시의 상황에서 수억 원의 금전적 손해는 내 인생의 파탄을 의미했다. 결국 나는 건물에 직접 화재를 일으키기로 결심했다.

재를 다 태우고 필터가 녹기 시작하는 담배를 거꾸로 쥐었다. 새 담배에 불을 옮겨 붙이는 손가락 끝이 부들부들 떨렸다. 불 꺼진 집안의 어두운 공기가 을씨년스러웠고 창 틈새를 파고드는 바람 소리가 매서웠다. 아내가 깨지 않도록 조용히 옷을 챙겨 입고 손목에 힘을 주어 천천히 현관 문고리를 돌렸다. 걸쇠 부딪히는 소리가 아파트의 통로와 계단에 작은 메아리를 만들더니 조용해졌다. 나는 놀란 고양이 마냥 움찔거리며 동작을 멈췄다. 수위 아저씨의 눈을 피해 차를 미리 주차장 구석 한적한 곳에 세워두었다. 내가 그 시간에 집을 나서는 모습을 확인해 줄 목격자를 만들지 않아야 했다. 검은색 후드 스웨터의 모자를 눈 바로 위까지 푹 눌러 썼다. 아파트 담장 옆 나무그늘을 따라 이동해서 조용히 차에 올랐다. 헤드라이트는 켜지 않고 아파트 주차장을 빠져나왔다. 차량 통행이 많지 않은 늦은 밤거리의 신호등은 작동하지 않았다. 노란색 주의등만 깜빡이고 있었다. 전날 퇴근하면서 확인한 결과, 집까지 오는 도로에 교통 카메라는 없었다. 사건 발생 시간에 내 차 번호판이 찍히지는 않을 것이었다.

새벽 2시, 저마다 화려한 간판 불빛을 뽐내던 음식점들이 모여 있는 공원에는 가로등마저 꺼져 암흑이 되어있었다. 가게 건물 앞을 지나쳐 등산로 초입으로 통하는 도로 끝에서 라이트를 껐다. 브레이크 불빛을 없애기 위해 페달을 짧게 밟으며 불 꺼진 가로등 아래에 차를 세웠다. 주변에 있는 몇 몇 가정집에서 누군가 나의 범죄를 목격할 수도 있다는 걱정 때문이었다. 차의 시동을 끄고 다시 담배를 입에 물었다. 연거푸 피운 담배 때문에 입안이 마르고 머리가 어질어질했다. 하지만 긴장감을 이겨내려면 아무것이라도 입에 물고 있는 편이 나았다. 고개를 돌려 방화에 필요한 장비를 다시 살폈다. 지문이 남지 않는 장갑, 한 번만 신고 버릴 새 등산화, 결정적으로 나의 완전범죄를 만들어줄 기다란 향.

전날 낮의 실험에 의하면 불을 붙이고 향이 모두 타들어가기까지 약 2시간이 소요되었다. 단양으로 가족 여행을 갔다가 우연히 들른 절집에서 이번 일을 위해 가장 튼튼하고 길이가 긴 향을 골랐다. 부처님이 내 상황과 심정을 조금이라도 이해해준다면 범죄가 발각되는 것을 막아주거나 최소한 내가 저지르는 이 일의 필연성에 동의해주기를 바라면서 구입했던 것이다.

난로 주위에 석유를 붓고 향에 불을 붙인 후 현장을 빠져나오면 되었다. 2시간 정도가 경과하고 향의 불씨가 석유에 닿으면 마룻바닥을 시작으로 순식간에 건물 전체로 불이 번져 나갈 것이다. 기둥이 집중적으로 손상되도록 전날 퇴근할 때 난로를 기둥 쪽으로 바짝 붙여 두었다. 불길이 마룻바닥과 기둥을 태우고 나면 낡은 건물은 순식간에 무너져 내릴 것이다. 장마철에 비바람이 심하게 불거나 한겨울 폭설이 쌓일 때면 손님이 가득한 영업시간에 매장 천정이 무너지면 어쩌나? 걱정될 정도로 낡고 균열이 많은 건물이었다.

화재 연락을 받고 현장으로 돌아왔을 때는 연기를 잘해야 했다. 당황한 척, 놀란 척, 슬픈 척, 상황에 맞게 적절한 액션을 취해야 한다. 임대계약 만료가 임박했다는 점, 건물을 신축하기 위해 철거 직전이라는 시점, 그리고 화재 발생 이후의 최대 수혜자가 내가 된다는 사실이 범죄의 개연성을 의심받지는 않을까? 걱정했지만 계획대로 진행한다면 의심을 하더라도 물증이 찾을 수 없을 것이 분명했다.

나의 범죄 계획은 완벽했다.

행동절차를 머릿속으로 다시 구성하는 동안 다 타들어간 담뱃재가 길게 매달려 무게를 이기지 못하고 툭 떨어졌다. 손가락에 힘을 주어 하나씩 접으면서 소리 나지 않게 차 문을 열었다. 차에서 내리면서 나도 모르게 허리가 바짝 구부러졌다. 걷잡을 수 없이 쿵쾅쿵쾅 요동치는 심장의 펌프질 때문에 확장된 혈관들이 뒷목 동맥을 압박했다. 어스름한 달빛 그림자를 따라 천천히 걸음을 옮겼다. 검은색 후드를 당겨 이마 앞부분까지 가렸다. 길 건너 산채비빔밥 가게 이 층에 불이 켜져 있는 것 같았다. 창가 커튼 너머로 빛이 희미하게 새어 나왔다. 실내의 형광등 불빛인지 하얀 커튼이 달빛에 반사된 것인지 판단하기 어려웠지만 인기척은 보이지 않았다. 심장이 요동치는 소리가 점점 크고 빨라져 귓전에 공명했다. 주차장에 깔린 자갈 밟는 소리가 밤공기를 비집었다. 되도록 흙이 많이 드러난 자리를 따라 발을 옮기며 한발 한발 현관으로 다가갔다. 지문이 남지 않도록 장갑을 꼈다. 흔한 흰색 장갑은 야간에 도드라져 보일 수 있기 때문에 얼룩무늬 장갑을 준비했다. 출입문 열쇠를 찾는 손이 거칠게 뛰는 심장 박동을 따라 경련을 일으켰다. 건너편 2층 창문을 다시 한 번 살폈다. 여전히 커튼 뒤로 옅은 빛이 흘러나오고 있었지만 그 뒤에 인기척은 없었다. 출입문 걸쇠 소리가 딸깍거리며 소리를 내지 않도록 천천히 문을 밀치고 몸을 최대한 낮추면서 안으로 들어갔다.

　가게의 전면이 큰 유리로 되어있어서 하얀 석유통을 옮기는 모습이 밖에서 쉽게 관찰될 수 있기 때문에 퇴근하면서 미리 석유통을 난로 가까이 옮겨 두었다. 난로 옆 기둥 뒤로 내 몸통 그림자를 숨겼다. 그리고는 석유통을 잡고 마개를 열기 위해 손아귀에 힘을 주었다. 심장이 폭발할 듯이 날뛰었다. 입안이 바짝 마르면서 목이 막히고 호흡이 거칠어졌다. 발작한 것처럼 떨리는 팔과 다리를 멈추려 애쓰면서 통을 기울여 난로 바닥에 석유를 흘러보냈다. 역한 냄새가 실내에 퍼져나갔다. 난로 위 철망 구멍에 향의 한쪽 끝을 찔러 넣어 고정하고는 주머니 속 라이터를 꺼냈다. 불을 붙이기 위해 라이터의 불꽃 구멍을 향의 위쪽 끝에 가까이 댔다. 주체할 수 없이 떨리는 손 때문에 불꽃을 고정하기 힘들었다. 라이터 가스레버를 누르고 있던 손가락이 미끄러지면 불꽃이 꺼져버렸다. 온몸의 에너지가 몸 밖으로 한꺼번에 빠져나가는 느낌이었다. 팔다리 근육이 한순간 힘을 잃더니 의식이 흐릿해지면서 나는 풀썩 그 자리에 주저앉고 말았다.

건물이 격렬하게 불타면서 밤하늘을 온통 붉게 물들였다. 붉은 불꽃과 검은 연기가 소용돌이치며 하늘로 솟아올랐다. 불붙은 목재와 철판이 타닥타닥 소리를 내며 쪼개지고 콘크리트 지붕이 무너져 내렸다. 소방차 사이렌 소리와 사람들의 고함 소리가 뒤섞여 한적했던 공원이 큰 혼란에 빠져 있었다.

의식 없는 사이 꿈속에서는 나의 범죄가 완전하게 성공했다. 하지만 정신을 되찾고 바라본 주변은 고요한 밤공기에 잠긴 달빛에 반사된 가게 건물이 변함없이 형태를 잃지 않고 있었다. 담배에 불을 붙여 입에 물었다. 니코틴 독성이 전류처럼 찌릿하게 온몸을 타고 흘렀다. 손끝에서 시작한 경련이 뒷머리에 이르자 시야가 다시 몽롱해졌다. 가슴 깊은 곳에서 새어 나오는 한숨과 함께 담배 연기를 길게 내뿜었다. 갑자기 눈물이 흘렀다. 불붙은 담배꽁초를 바닥에 내동댕이쳤다. 고개를 숙이고 양손으로 눈을 가리며 울었다. 고함을 질렀다.

'이게 무슨 꼴이야. 나보고 어쩌라고. 신이 있긴 한 거야. 난 정말 최선을 다하고 살았는데 도대체 나한테 왜 이러는 거냐고? 아이 시발.'

마른 목구멍에 담배 연기가 까칠하게 걸리면서 구역질이 났다. 담뱃불을 발로 밟아 비벼 *끄고* 가게를 나왔다. 차의 시동을 걸고 창문을 모두 내렸다. 후진 기어를 넣고 엑셀을 깊게 밟았더니 타이어가 큰 소리를 내며 헛돌았다. 고무 타는 냄새가 진동했다. 다시 기어를 바꾸고 미친 듯이 속력을 냈다.

다음날 가게로 찾아온 지주의 표정은 거만했다.

"자금이 부족하니 보증금을 조금만 낮추어 주세요. 그동안 이 자리를 이만큼 영업이 되도록 노력한 제 공도 있고 하니, 부탁드립니다."

"그래서 제가 이 사장님께 먼저 선택권을 드리는 거 아닙니까! 이 자리 달라는 사람이 줄 서 있습니다. 며칠 전에도 어떤 사람이 찾아와서 지금 제가 제안한 금액보다 더 줄 테니, 자기에게 임대해 달라고 하는 사람도 있었습니다. 하지만 그동안 이 사장님이 제 땅에서 장사하며 노력하신 것도 있고 해서 그 금액으로 우선권을 드리려는 겁니다. 가격을 깎거나 하실 작정이면 다른 사람에게 넘기겠습니다."

나는 머리를 조아리며 애절한 눈빛을 보냈지만 상대방의 반응은 싸늘했다.

"알겠습니다. 자금을 마련하도록 조금만 더 시간을 주세요.

"빨리 결정하세요. 저는 이 사장 생각해서 그러는 건데, 나 참!"

먹살을 잡고 턱을 한 대 올려치고 싶었다. 먹을 수도 없고 잘 수도 없는 며칠을 보냈다. 아파트를 팔아 가게 신축자금으로 쓰고 우리는 조금 작은 평수로 옮겨 당분간 월세로 살기로 했다. 아파트값이 미친 듯이 오르는 시점이어서 매매는 쉽게 성사되었다. 아파트 매각대금 중에서 은행대출을 제한 금액이 내 손에 들어왔다. 새로 이사 갈 작은 아파트의 월세 보증금을 떼어내니 가게 보증금을 겨우 감당할 금액이 남았다. 하지만 새로 인테리어를 하고 집기를 사들이는 데 필요한 자금이 없었다. 공사가 완료되면 공사비의 반을 주고 남은 반은 영업을 시작하고 3개월쯤 후에 주는 것으로 공사업자와 협상했다. 그동안의 영업상황으로 미루어볼 때 3개월 정도 매출이면 그 정도 자금은 마련할 수 있을 것 같았다.

건물이 완공되고 다시 영업을 시작했다. 매장의 좌석 수가

기존 건물에 비해 3배 이상 커졌고 직원도 늘었다. 지역신문과 방송에 가게가 소개되면서 공원 방문객들과 지역 회사들의 회식장소로 입소문을 탔다. 직원들의 직급을 정하고 각자의 역할을 맡겼다. 다른 직원들의 신뢰를 얻고 성실한 사람을 골라 점장으로 임명해서 내가 신경 써야 할 일을 나누었다. 서비스 매뉴얼을 만들어 매일 철저하게 교육시켰다. 거친 행동을 하거나 교육대로 서비스하지 않는 직원은 주의를 시키고 고쳐지지 않으면 해고하였다. 식자재를 고급화하고 위생이 소홀해지지 않도록 애썼다. 직원들이 편안하게 근무할 수 있도록 출퇴근 버스를 운영하고 월급을 다른 곳보다 높게 책정했으며 휴일과 휴식시간을 보장해주었다. 근무 태도가 우수한 직원을 선정해 포상하는 제도도 시행했다.

오사카에서 한국음식점을 운영하는 재일교포 한 사람이 찾아와서 일본에도 지점을 열 수 있도록 도움을 요청했다. 기존 음식점을 리모델링하고 한국에서 능숙한 직원 두 명을 뽑아 오사카에 파견해서 레시피를 전수하고 서비스 매뉴얼을 교육시켰다. 나는 가게가 안정될 때까지 일주일은 한국, 일주일은 오사카에 머무는 생활을 반복했다.

일본에서 돌아오고 얼마 지나지 않아 우려하던 일이 터졌다. 광우병의 공포가 전 세계를 휩쓸었다. 캐나다를 거쳐 미국에서도 마침내 광우병 소가 발견되었다. 미국과의 통상마찰을 우려한 정부가 미국산 소고기에 대한 수입금지 조치를 머뭇거리고 있는 사이 매장의 매출은 순식간에 곤두박질쳤다. 일반 식당에서 사용되는 대부분의 고기가 미국산이라는 것은 이미 소비자들도 잘 알고 있는 사실이었다. 미국산 소고기 수입을 금지하라는 시민들의 시위가 점점 더 격렬해지기 시작했다. 촛불을 든 시민들의 절규 앞에 더 이상 버티지 못한 정부는 결국 수입금지 조치를 내렸다. 매출은 5분의 1로 줄어들었고 얼마 남지 않은 소고기 재고를 유통업자들이 사재기하느라 원자재 값은 순식간에 2배, 3배로 뛰었다. 직원들을 번갈아 무급휴가를 보냈지만 역부족이었다. 직원의 수를 반으로 줄였다. 몇 개월이 지나면서 광우병은 인간에게 전염되지 않는다는 정부의 홍보활동과 한우 위주로 식자재를 바꾼 덕분에 조금씩 매출이 회복되기 시작했다. 그러나 얼마 지나지 않아 미국 정부의 압력에 굴복한 한국 정부는 철저한 사전검사를 한다는 조건으로 미국산 소고기의 수입을 다시 허가했다. 그것이 가게 운영에는 더 큰 화근이 되었다. 미국산 소고기 수입을 재개하려는 정부를 규탄하는 촛불시위가 서울역 광장에서 연일 계속되었다. 광우병 걸린 소가 입에 거품을 물고 눈알을 허옇게 까뒤집으면서 쓰러지는 처참한 모습을 뉴스 영상으로 시청한 시민들의 공포는 극에 달했다. 수입이 재개되자 매출은 다시 떨어지기 시작했다. 음식점에서 판매하는 소고기는 먹기만 하면 광우병 걸린 소들처럼 인간들의 뇌 조직이 스펀지같이 푸석해지면서 죽어가는 병원균으로 간주되었다. 정부가 수입을 금지하고 재개하기를 여러 번 반복하면서 결국 국민은 정부를 믿지 않았다. 소비자들이 소고기를 대하는 인식이 이전과는 완전히 달라져 있었다. 소고기는 더 이상 특별한 날의 외식 메뉴가 아니었고 소고기 음식점 방문은 겁 없고 호기로운 사람들의 부주의한 행동으로 간주되었다. 보양식으로 통하던 소고기가 노약자와 아이들에게는 절대 먹어서는 안 되는 위험한 식품으로 인식되었다.

나는 더 이상 버틸 수 없었다. 가게를 매물로 내놓았지만 그 혼란한 상황 속에서 음식점을 인수할 사람이 나타날 리

없었다. 문을 닫지도 못하고 매각하지도 못하는 기간이 길어지면서 늘어나는 적자 때문에 자재비와 직원들의 임금을 지불하지 못하는 상태가 되었다. 속수무책으로 시간만 흘렀다. 월세가 밀리기 시작하자 지주는 더 이상 건물을 빌려줄 수 없으니 정해진 기한까지 건물을 비워달라는 소송을 제기했다. 한순간에 내 인생은 바닥이 보이지 않는 나락으로 곤두박질치고 있었다.

Contents

004   **Prologue** 완전범죄

029   우리는 과연 떠날 수 있을까?

073   우리는 이 여행을 무사히 끝낼 수 있을까?

109   나는 무엇으로부터 도망치려는 것일까?

143   설렘은 언제나 두려움을 이긴다

197   내 삶을 구원하는 힘

229   내 가슴을 뛰게 하는 일

276   **Epilogue** 그 후의 이야기

우리는 과연
떠날 수 있을까?

5월 10일 ~ 5월 14일

우리는 과연 떠날 수 있을까?

출국심사관이 여권을 스캐너에 긁었다. 컴퓨터 화면과 내 얼굴을 번갈아 보는 그의 표정에는 아무런 변화가 없었다. 나는 그와 나 사이의 투명한 유리 구멍 속으로 고개를 내밀었다. 혹시 있을지도 모를 질문에 대응할 마음의 준비를 하며 그의 행동과 눈빛 하나하나를 살폈다. 두어 걸음 뒤로 떨어진 대기 선에서 기다리던 아내는 '혹시 뭐 잘못된 거라도 있어?' 하는 표정으로 나를 빤히 쳐다보았다. 제 덩치보다 큰 여행 가방 위에 동생을 태운 연재가 좁은 출국대기 장소에서 이리저리 가방을 끌며 장난을 치고 있었다. 그러다 그만, 뒤에서 차례를 기다리던 남자의 발등을 가방

바퀴로 밟아버리고 말았다. 남자의 깜짝 놀라는 모습에 겁에 질린 아이가 놀란 다람쥐처럼 엄마 뒤로 숨었다. 윤재 등을 가볍게 친 아내가 아이를 가방에서 내려오게 하고는 발 밟힌 남자에게 고개를 숙여 사과했다.

음식점의 적자가 계속되어 월세를 5개월이나 지급하지 못했다. 법원에 소송을 건 건물주는 나를 강제로 쫓아냈다. 가게에 자재를 납품하던 채권자 몇몇이 돈을 돌려달라는 소송을 제기했다, 나는 건물 보증금을 돌려주지 않는 건물주를 상대로 보증금 반환 소송을 진행하고 있었다. 함께 근무하던 십여 명의 직원들은 퇴직금을 지급하라며 노동부에 나를 고발했다. 차례차례 넘어지는 도미노처럼 줄줄이 일이 터지기 시작했다.

비행기 티켓을 예약한 후, 출입국사무소와 법원 홈페이지에 들어가 '출국금지'의 조건과 금지된 사람의 명단을 조사했다. 비록 감옥에 감금되어 있지는 않지만 법률적으로 나는 엄연히 범죄자였다. 그 행위가 의도적이었건 어쩔 수 없었든, 범죄를 저지른 사람은 사소한 일에도 자신이 표적이 되지 않을까 두려운 법이다. 여행을 앞두고 가장 많이 걱정되었던 건 내 범죄사실로 인해 외국으로 도피하지 못하도록 출국금지 명령이 되어있지는 않을까 하는 일이었다. 다행히 어떤 자료에도 나의 출국금지를 명시한 항목은 확인할 수 없었다. 하지만 우리나라를 떠날 수 있는 최종 법률적 관문은 공항의 출국심사대였다.

"어! 지금 법원에서 소송이 진행 중이시네요?"

이런 질문이 나올까 두려워하며 나는 심사관의 입을 유심히 살폈다. 자칫 가족들과 함께 출국을 거부당하고 집으로 돌아가야 할지도 모를 상황이었다. 만약 돌아가야 한다면 이미 비행기에 실어 버린 우리 여행 가방들은 다시 내어줄까? 탑승하지 못한 비행기 요금은 돌려주겠지? 그 많은 짐을 가지고 집까지는 어떻게 돌아가나? 이런 수많은 걱정이 머릿속을 맴돌고 있는 사이 심사관의 다음 행동이 이어졌다. 빨간 손잡이가 달린 쇠뭉치를 꾹 눌러 여권에 도장을 찍더니 한마디 질문도 없이 여권을 되돌려 주었다. 나는 표시 나지 않게 오른쪽 발을 살짝 구르면서 입술을 깨물었다. 여권을 받아든 손을 움켜쥐며 환호했다. 내 우려와는 달리 그는 내 범죄

사실에 대해 전혀 궁금한 것이 없었던 것이다.

나를 뒤따라 출국심사대를 빠져나오는 아내와 아이들을 불러 세워 한 사람씩 포옹했다.

"자! 이제 출발하는 거니까, 당신, 오랜 시간 고생스럽더라도 잘 참아줘야 해. 연재는 힘들면 언제든지 아빠한테 말하고, 동생 잘 보살피는 거다. 윤재는 엄마하고 누나 말 잘 듣고, 위험한 짓 하다가 다치지 말기, 알겠지?"

나는 이제 마흔 살이 된 빈털터리 가장이다. 해외여행 경험은 회사에서 일본 출장을 몇 번 다녀온 것이 전부였고 나보다 세 살 아래인 아내는 동남아시아로 다녀왔던 신혼 여행이 유일한 해외여행이다. 재작년부터 시작된 연재의 아토피 피부염은 피부가 접히는 부분마다 배어 나오는 진물을 막기 위해 밤마다 팔꿈치와 손목과 무릎에 붕대를 감아야 한다. 그래야 잠결에 긁으면서 생길 수 있는 이차 감염을 막을 수 있다. 누나보다 두 살 아래인 윤재는 우리가 지금 어디로 무엇을 하러 가고 있는지 인식하기 어려운 초등학교 2학년이다. 여행경험도 없는 백수 가장과 그런 남편을 믿고 따라온 겁 없는 아내 그리고 아토피에 고통받는 큰 아이와 태어난 지 십 년도 채 안 된 철부지 아들까지. 우리 가족의 무모한 여행은 그렇게 시작되었다.

　여행에 필요한 물건들을 사기 위해 아내가 면세점을 돌아보는 동안, 나는 아이들과 공항시설들을 구경했다. 어디선가 이곳과는 전혀 어울릴 것 같지 않은 부드러운 가야금 소리가 들렸다. 가야금 멜로디가 귀에 익숙한 가요였다. 소리가 들리는 곳으로 다가갔다. 외국인들을 위해 한국 전통음악을 틀어주는 방송쯤으로 짐작했는데, 통로가 넓은 공간에 마련된 한옥 누마루 무대에서 젊은 연주자 세 명이 가야금을 직접 연주하고 있었다. 낯선 악기로 연주되는 익숙한 멜로디가 묘한 조화를 이루었다. 나는 조용히 노래의 가사를 입안에서 읊조렸다.

> 눈을 뜨기 힘든 가을 보다 높은 저 하늘이 기분 좋아
> 살아가는 이유, 꿈을 꾸는 이유, 모두가 너라는 걸
> 네가 있는 세상 살아가는 동안, 더 좋은 것은 없을 거야
> 시월의 어느 멋진 날에

가야금 현의 떨림에 따라 흘러나오는 남자의 낮고 고요한 음색이 내 머릿속에 생생하게 울렸다. 행복한 안도감과 함께 아련한 슬픔이 마음속으로 밀려왔다. 내가 그 처절한 고통 속에서 벗어나기로 한 날도 지난 시월의 일이었다.

사업을 정리하고 내게 남은 것은 갚아야 할 수억 원의 빚과 지급하지 않으면 감옥에 갈 수 있다는 무시무시한 경고뿐이었다. 노동부로부터 지급 명령받은 직원들 퇴직금과 노동법 위반으로 법원에 납부할 벌금도 있었다. 내가 사는 아파트의 월세도 4개월이나 밀려 있었다. 건물 보증금을 돌려받아 빚을 해결하려 했지만 건물주는 보증금을 돌려주지 않았다. 건물주는 5개월이나 밀려 있는 월세를 받아내기 위해 건물을 비우라는 소송을 법원에 제기했다. 하지만 내가 월세는 갚지 않고 정해준 날짜에 정말로 건물을 비워버렸기 때문에 건물주는 돌려줄 돈이 없었다. 새로 들어오는 사람의 보증금을 받아서 내게 돌려줄 계획이었겠지만 내가 건물을 비우는 그 날까지 새로운 세입자를 찾지 못했다. 몇 번 사정했지만 서로 감정싸움만 반복되었다. 나는 어쩔 수 없이 보증금을 돌려달라는 소송을 했고 법원에서 중재한 합의로 이번 달 말과 다음 달 말로 나누어 보증금을 돌려받기로 했다.

적자가 누적되면서 자재를 납품하고 돈을 받지 못한 사람과, 밀린 임대료를 재촉하는 건물주와 밀린 월급을 달라는 직원들이 앞다투어 아우성쳤다. 나는 이들을 피해 한동안 가게 운영을 점장에게 맡기고 집에 틀어박혀 있었다. 사업을 정리하고 집안에서 점점 폐인이 되어가는 나를 동생이 억지로 끌어냈다. 동생이 운영하는 회사의 사무실 한 칸을 빌려주며 무엇이라도 할 계획을 세우라 했다. 하지만 아무리 생각해보아도 내가 이 수렁에서 벗어나 제기할 가능성은 조금도 없었다. 목적 없이 하루하루를 살아가는 내가 끝내는 무슨 일이라도 저지를 것 같아 두려웠다. 무슨 수를 써야 했다.

오랫동안 꿈꾸었던 여행을 실행하기로 했다. 온 가족이 함께 떠나는 세계여행은 언제나 혼자만의 상상이었다. 아주 오래전부터 꿈꿔왔던 나만의 안식처였다. 삶이 우울하거나 사업이 힘들어지면 나는 가끔 노트에 가상의 세계여행 계획을 적었다. 언젠가 그 꿈이 현실이 될 날을 기대하면서 지친 삶을 극복할 용기와 위로를 얻었다.

여행을 위해 필요한 두 가지 중에서 무한히 자유로운 시간에 비해 돈은 지극히 한정적이었다. 다행스러운 것은 식당을 운영하면서 필요한 자재비를 신용카드로 돌려막고 부족한 자금은 현금서비스를 이용한 덕분에⑦ 사용액의 일정 비율로 적립된 항공 마일리지를 이용하면 우리 가족 네 명이 유럽으로 가는 항공요금은 감당하고도 남았다. 유럽에서 타고 다닐 자동차 렌트비를 지불하고 남은 금액을 환전하고 나니 2,500유로가 전부였다. 주머니에 있는 이 돈이 내가 가진 재산의 전부라고 생각하니 기가 막힐 노릇이었다. 한 가족이 45일 동안 외국에서 체류할 금액으로는 턱도 없는 금액이지만 월말에 일부분 돌려받기로 한 보증금이 있으니 일단 출발하기로 했다. 저렴한 호텔과 캠핑장을 골라 숙소로 정하고 식사는 여행 가방에 들어가는 작은 전기밥솥과 쌀 그리고 반찬을 가져가서 직접 해먹기로 했다. 여행하는 동안 낯선 곳의 두려움보다 궁핍한 경비 탓에 분명 더 많은 어려움을 겪을 것이었다. 하지만 나는 떠나야 했다.

여행은 내게 일상의 재충전이나 활력 넘치는 모험이라기보다는 괴로운 현실로부터 도피하는 수단이었다. 실패한 사업의 마무리가 완전하지 않았고 가족의 생계는 막막했다. 얼마

남지 않은 돈으로 이번 여행을 마치고 나면 손에 쥘 수 있는
돈은 한 푼도 남아있지 않을 것이었다. 이후의 대책이 마련
되어 있는 것도 아니었다. 하지만 나는 비행기에 올라야 했
다. 떠나는 두려움보다 머무를 때의 공포가 더 견디기 힘들
었기 때문이었다.

런던의 5월은 여전히 겨울

　　　　　　내가 유럽 여행의 첫 목적지를 런던으로 정한 것은 그곳에 민기가 있기 때문이었다. 그와 나는 같은 건설회사의 입사 동기였다. 출신학교와 고향은 다르지만 신입 사원으로서 겪어야 할 고충을 함께 나누며 서로를 위로하고 때로는 용기를 북돋워 주면서 우리는 자연스레 친해졌다. 내가 사표를 내던졌을 때 이미 주변 정황을 알고 있던 민기는 내 심정을 공감해주었다. 자신 역시 회사에 오래 있지 못할 것 같다는 말로 내게 위로를 대신했다. 결국 그도 얼마 지나지 않아 회사를 그만두고는 아예 한국을 떠나 영국으로 이민을 가버렸다. 돌이켜 생각해 보면 그때 우리가 서로에게 빠른 속도로 호감을 보인 것은 단순히 같은 회사, 같은 부서 입사 동기라는 표면적인 이해관계보다 어쩌면 우리가 인식하지 못하고 있는 사이 서로가 보이지 않는 어떤 공통분모로 묶여 있다는 것을 느꼈기 때문일 것이다. 조직에서의 미약한 존재감과 미래에 대한 불안은 누구나 견뎌야 하는 일이었지만 내 무모함이 그의 불안에 용기를 보탰는지도 모르겠다.

이민 초기에 가끔 주고받던 연락이 점점 뜸해졌다. 유럽여행 계획을 확정하고 제일 먼저 민기에게 알렸다. 내 계획을 들은 그는 반드시 런던에 들리면 무조건 자기 집에 머물러야 한다고 강요했다. '번거롭지 않겠어?' 하고 가볍게 사양했지만 속으로는 무척 좋았다. 친구가 그리웠고 낯선 나라에서 시작하는 여행의 출발지로 친구 집만큼 적절한 곳은 없기 때문이었다.

영국으로 출발하기 며칠 전 그에게서 전화가 왔다. 한국 처가에서 보내는 물건을 가져와 달라는 부탁이었다. 나는 기꺼이 그러기로 했다. 하지만 만만치 않은 우리 짐 무게에 다른 짐이 더해지면 분명 비행기 수화물 무게제한을 넘을 것 같았다. 물건을 건네받기 위해 인천공항에서 처가 어른들을 만났다. 처음 뵙는 분들이었지만 그리운 외동딸에게로 가는 우리를 마치 당신의 딸아이를 배웅하듯 반가워하셨다. 꼼꼼하게 포장된 종이상자 2개가 제법 묵직했다. 우려했던 것처럼 수화물 허용무게를 넘어버렸다. 가방 안의 물건들 몇 가지를 꺼내서 펼치면 부피가 커지는 장바구니에 담아 비행기 내부로 가지고 들어갔다.

런던은 추웠다. 5월이 분명하지만 잔뜩 흐린 하늘에서 비 대신 눈이 내릴 것 같았다. 얇은 봄옷 사이로 스며드는 습하고 찬바람이 부들부들 몸을 떨게 하였다.

히드로 공항은 천정이 낮고 통로가 비좁아서 답답했다. 시설이 낡았고 청소가 깨끗하지 못했다. 민기는 공항으로 오는 길이 막혔다며 약속 시간보다 1시간쯤 늦게 도착했다. 그의 차에 짐을 옮겨 싣고 공항을 빠져나왔다. 낯선 도시를 달리기 시작했다. 차창 밖으로 빠르게 스쳐 지나가는 이색적인 풍광에 우리 가족은 눈을 떼지 못했다. 낡고 오래된 집들이 잘 정돈되어 있었고 고풍스러운 외관에는 기품마저 느껴졌다. 미풍에 섞여 차 안으로 날아드는 향긋한 풀냄새가 긴 여행에 무거워진 머리를 맑게 해주었다.

　운전을 하던 민기는 쉽지 않았던 현지 정착기를 들려주었다. 마음 편히 하소연하고 싶은 누군가를 이제야 만났다는 듯이 쉴 새 없이 이야기했다. 격렬하게 우리들의 호기심을 자극하는 런던이 정작 이 도시에서 하루하루를 살아가는 그에게는 치열한 전쟁터에 지나지 않았다. 똑같은 공간이라 해도 여행을 하는 사람과 그곳을 삶의 터전으로 삼고 사는 사람의 차이는 너무나도 크다는 것을 일깨워 주었다. 그의 이민 정착은 쉽지 않았다. 믿었던 친척에게 초기 이민 자금을 횡령당했고 어렵게 잡은 현지 직장이 문을 닫았다. 얼마 전까지 운영하던 홈스테이를 그만두고 지금은 다른 일을 찾고 있다고 했다. 타국에서 이방인으로 살아가는 것이, 한국의 조직 생활에서 살아남기 보다 결코 쉽지 않았을 것이다. 내가 사업을 시작하며 그러했듯, 그도 희망 없는 조직 생활에서 탈출해 다른 꿈을 성취하겠다는 다짐을 했을 것이다. 그렇게 도착한 영국에서 마주쳐야 했던 수많은 두려움과 부조리들에 대해 민기는 목소리를 높였다. 왜 깨달음은 언제나 모든 것을 다 잃고 난 후에야 뒤늦게 찾아오는 것일까. 어째서 모든 것을 버리고 완전히 바닥으로 밀려난 상태가 되어서야 비로소 얻을 수 있는 것인지 대화를 나누는 우리의 마음이 런던의 하늘처럼 뿌옇게 흐려졌다.

민기의 처가에서 보낸 상자에는 갖가지 한국 음식들이 꼼꼼히 포장되어 있었다. 친구의 아내는 정성스럽게 밀봉된 포장을 하나씩 뜯으면서 '엄마' '엄마' 얕은 목소리로 불렀다. 조금씩 떨려오는 아내의 어깨를 남편이 가만히 감싸 안아주었다. 부모님은 국물이 새거나 냄새가 배어 나오지 않을까 걱정하며 음식을 꼼꼼하게 포장하면서 이역만리 떠나보낸 딸을 그리워했을 것이다. 차곡차곡 담긴 반찬들에서 따뜻한 밥 한 끼라도 손수 지어 먹이고 싶은 간절한 부모님의 마음이 고스란히 느껴졌다.

친구는 우리의 잠자리를 위해 큰 아이 방을 내주었다. 생체시계를 런던 현지시각으로 맞추기 위해 초저녁부터 밀려오는 졸음을 참으면서 그동안 서로가 살아왔던 이야기를 나누었다. 자정이 다 되어 잠자리에 들었지만 깊게 잠들지 못하고 두어 시간 후에 깨버렸다. 아내와 아이들도 연이어 일어났다. 친구 내외의 잠을 방해하지 않기 위해 온 가족이 방안에서 해가 뜨기를 기다리면서 하루 만에 밤낮이 바뀐 우리가 지구 반대편에 와 있다는 사실을 실감했다.

아이들에게 우리가 주어야 할 것

한국에서 보내준 재료를 이용해 맛 좋은 된장찌개와 김치로 안주인이 든든한 아침을 준비해 주었다. 멋진 식사에 대한 답례로 나는 한국에서 가져온 믹스 커피를 내놓았다. 커피믹스 한 봉지에 민기 부부가 무척 반가워했다. 한국에서 즐겨 먹던 믹스 커피의 달콤쌉싸름한 맛은 이국에서 향수를 불러일으키는 대표적인 음식의 하나라고 했다. 우리가 커피를 마시며 한국의 추억을 이야기하는 사이 학교 갈 준비를 마친 아이들이 아빠를 재촉했다. 두 아이를 학교에 태워주는 친구 차에 우리 아이들도 딸려 보냈다. 연재는 이곳 학교 구경을 원했고 윤재는 그사이 친해진 형들을 따라가고 싶어 했다.

민기는 아들 둘을 키웠다. 나는 그 중 큰아들에 대한 기억이 선명했다. 한국에서 같은 직장에 근무할 때, 양쪽 집을 오가며 아이를 몇 번 만난 적이 있었다. 초등학교도 들어가기 전이었지만 아이는 유달리 산만하고 버릇이 없었다. 아이의 부모조차 아이를 통제하지 못했다. 그러던 아이가 영국 생활 7년 만에 완전히 딴사람이 되었다. 손님을 접대하는 예절이 몸에 배고 부모님을 응대하는 말투가 부드러웠다. 동생들을 돌보는 모습이 자상했으며 표정이 온화하고 몸가짐이 의젓했다. 학교 성적은 늘 최상위라고 하고 학생들 사이에서 훌륭한 리더십으로 유명하기까지 했다. 이토록 드라마틱한 아이의 변화는 분명 영국의 교육 환경 때문일 것이다. 한국이었다면 극성스럽고 산만한 문제아로 낙인 찍혀 어쩌면 오랫동안 배척받았을 지도 모를 아이였다. 극성스러움은 밝고 명랑한 것으로, 산만함은 왕성한 호기심으로 여기며 받아주는 학교 분위기가 아이를 저리도 반듯하게 자라게 한 것이리라.

　아이들이 자기 안에 감춰져 있는 잠재력을 표현하는 과정
에서 보이는 일련의 모습들 즉 비상식적이거나 일상에서 벗
어나는 행동을 보이면 어른들은 언제나 꾸짖음으로 일관한
다. 그러면 자신의 호기심과 엉뚱한 상상력에 꾸중을 들은
아이는 내면에 잠재된 능력을 발휘할 기회를 완전히 잃어버
린다. 우리는 재능을 가지고 있는 아이가 특별하게 두각을
나타내기보다는 평범한 사람들 사이에서 선두에 서기를 기
대한다. 부모의 기대가 늘 편향된 것은 아마도 자신이 살아
온 사회에서 이루지 못한 꿈들을 아이를 통해 보상받기를 원

하기 때문이리라. 하지만 부모의 가장 중요한 역할은 아이의 잠재력이 무엇인지 지켜보는 것이며 기다려 주는 것이다. 나는 여행을 통해 아이들이 자신의 내면에 숨어있는 잠재력을 깨울 수 있는 계기가 되기를 기대한다. 나 또한 아이들이 잠재력을 드러낼 때까지 기다릴 수 있는 인내가 생기기를 바란다.

민기는 자신의 능력이 아이의 잠재력을 잘 발휘할 수 있도록 충분히 지원할 수 있을까 고민하며 때때로 깊은 한숨을 내쉬었다. 아이의 능력을 알아본 학교 선생님은 명문 사립 고등학교에 진학할 것을 권했다. 영국사회에서 주류사회로 진출하는 첫 번째 관문은 명문 사립 고등학교 진학이다. 예전에는 귀족 자제들의 학교였지만 요즘은 학생의 실력과 엄청난 학비를 감당할만한 부모의 재력만 뒷받침된다면 누구나 입학할 수 있게 되었다. 조그만 전자제품 회사에 다니던 친구는 아이를 사립 고등학교에 보낼 수 있는 경제력을 만들기 위해 회사를 그만두고 사업을 해보기로 했다. 처음 시작한 사업은 방이 여러 개인 집을 빌려 한국에서 오는 비즈니스맨들을 위한 숙박업이었다. 그러나 사업은 생각처럼 크게 번창하지 못했다. 한정된 규모에서 당연한 일인지도 몰랐다.

공항에서 우리를 태우고 집으로 오던 길에 민기는 어느 넓은 마당이 딸린 2층 주택을 가리키며 저 집이 얼마 전까지 살던 집이라 했다. 그는 지금도 새로운 사업을 찾기 위해 아이디어를 모으는 중이라 했다. 아이들이 좀 더 좋은 환경에서 자랄 수 있도록 노력해야 하는 부모로서의 부담이 나와 다르지 않았다.

시차에 적응하기 위해 하루 휴식할 계획이었지만 아이들을 학교에 데려다 주고 돌아온 민기가 런던 교외 여행 안내를 자청했다. 운전석이 우리나라와 반대방향이라 진행방향이 헷갈리는 고속도로를 타고 런던에서 북서쪽으로 100㎞쯤 떨어진 옥스퍼드에 도착했다. 영국에서 가장 오래된 대학 도시인 옥스퍼드는 우리나라의 어느 대학 캠퍼스와 달리 도시 전체가 대학 캠퍼스였다. 캠퍼스의 건물들이 하나의 도시를 이루고 있었다. 중세의 모습을 고스란히 간직한 유적과도 같은 건물들이 아직도 학생들의 강의실로 사용된다니 너무 신기했다. 고색창연한 건물들이 늘어선 거리를 자전거를 타거나 한가로이 걸어 다니는 자유분방한 학생들의 모습은 마치 과거로 돌아간 시간 여행자처럼 시공간의 조화를 어색하게 만들었다. 우리가 배운 세계역사를 주도하고 대영제국의 영광을 이끌었던 인물들의 산실이라는 생각에 나는 경외감마저 느껴졌다.

옥스퍼드의 명소를 둘러볼 수 있는 투어버스가 있었다. 그런데 요금이 한화로 8만 원이나 되었다. 빠듯한 예산에 적지 않은 돈이었다. 8만 원의 버스비를 내느니 차라리 걷기로 했다. 영화 해리포터 시리즈 덕분에 한층 유명해진 옥스퍼드 중에서도 마법학교로 묘사되었던 크라이스트처치 내부에 입장했다. 세월의 흔적이 고스란히 남아있는 중세의 교회가 여전히 대학의 행사장소와 강의실로 사용되고 있다는 사실이 믿기지 않았다. 어두운 실내 바닥과 벽에는 옥스퍼드의 명성을 높인 유명인들의 무덤들이 가득해 진중한 분위기를 자아냈다. 너무 낡아서 과연 사용할 수 있을까 싶은 커다란 나무 문이 열리면 수업을 마친 학생들이 우르르 몰려나와 건물 앞에 묶어둔 자전거를 타고 멀어졌다. 작은 카페와 서점, 기념품 가게에는 학생들과 관광객들이 뒤섞여 저마다의 관심사를 해결하기 위해 빠르게 시선을 움직이고 있었다.

가장 영국적인 전원의 모습을 보존하고 있다는 코츠워즈는 옥스퍼드에서 멀지 않았다. 아름다운 중세 전원 풍경이 잘 보존되어 있는 이곳을 과거 영국정부는 개발이라는 핑계로 훼손하려 했다. 그 계획을 막기 위해 최초로 내셔널 트러스트(National Trust)가 설립되었고 보존이 필요한 지역을 공공 모금에 의한 기부금으로 직접 매입하여 공적인 개발에 의한 훼손을 방지하는 적극적인 보존운동을 펼쳤다. 코츠워즈는 그 운동의 첫 번째 매입지였다. 지금은 영국뿐만 아니라 미국, 호주, 일본, 말레이시아 그리고 우리나라까지 세계 30여 개국에서 활발히 활동 중이다.

마치 한국의 시골 국도를 달리듯 오랫동안 차도와 인도의 경계가 없는 편도 1차선의 한적한 도로를 달렸다. 길옆의 낮은 언덕을 따라 푸르게 펼쳐져 있는 초지가 보였고 키 높은 가로수들이 길과 초지의 경계를 구분 지었다. 드문드문 오래된 돌담에 두텁게 이끼가 자라는 고택들이 초원과 숲에 둘러싸여 그림 같은 경치를 연출하고 있었다. 문득 초원 안쪽 전원의 풍경 속으로 들어가 보고 싶다는 충동이 느껴졌다. 우리는 어느 농장 입구에 차를 세웠다. 긴 나무막대로 만든

농장의 문을 지나 주인 허락도 없이 초지 안으로 들어갔다. 목초지 한가운데 하얗게 말라죽은 고목들이 우뚝 솟아 있었고 여린 곡선을 그리며 이어지는 낮은 구릉지에는 얼룩소와 양들이 한가로이 풀을 뜯고 있었다. 능선 아래쪽 작은 계곡을 따라 맑은 시냇물이 흘렀다. 초록의 지평선과 맞닿은 푸른 하늘에 하얀 구름이 뭉게뭉게 떠다녔다. 거짓말 같이 평화롭고 목가적인 풍경이 마치 꿈 속에서 헤매듯 기묘한 착각을 일으켰다.

가공하지 않은 돌들을 불규칙하게 쌓아 올린 담 너머로 보이는 영국식 집은, 잔뜩 수분을 머금고 자라고 있는 푸른 이끼 아래 누렇게 말라 죽은 이끼가 두툼하게 깔린 지붕이 이색적이었다. 코즈워즈의 중심인 버튼언더워터는 이런 시골집들이 잘 보존되어 있다. 마을의 중심도로를 따라 흐르는 시냇물은 폭이 넓지만 깊이는 발목이 겨우 잠길 정도였다. 냇물 옆 오래된 돌담에 잔뜩 번져 있는 이끼를 보며 자연과 인공물이 완전하게 하나가 되었다는 생각이 들었다. 시냇물 위에 놓인 나지막한 돌다리를 건너 골목길로 들어가자 오래된 잡동사니를 모아놓은 골동품 가게와 흐르는 냇물 소리를 들으며 맥주를 마실 수 있는 펍이 나타났다. 어느 것 하나 고 즈넉한 마을 분위기와 어울리지 않는 것이 없었다. 시냇가에 있는 벤치에 앉아 잠시 경치를 감상하고 있는데 갑자기 커다란 말 한 마리가 어린 소녀를 등에 태우고 시냇물 한가운데를 달리는 모습이 보였다. 윤기 흐르는 은색 갈퀴를 휘날리는 아름다운 말이 얕은 물을 튀기며 달리는 광경이 영화의 한 장면 같아 나는 넋을 잃고 바라보았다.

작은 마을에 유일하게 운영되고 있는 카페에서 스콘과 밀크티로 배를 불린 아이들이 몹시 피곤해했다. 시차에 적응되지 않아 졸음을 참지 못한 아이들과 아내는 차를 타기 무섭게 잠이 들었다. 덕분에 런던으로 돌아오는 차 안에서 친구와 단둘이 그동안 살아온 이야기를 깊이 나눌 수 있었다. 이곳에 정착하면서 겪었던 일들을 상세히 털어놓으려는 민기와 달리 나는 최근의 사업 이야기를 아끼면서 유럽으로 여행을 오게 된 과정을 미화했다. 어쩐지 친구에게조차 내 막연한 사정을 털어놓기가 부끄러웠던 탓이다.

그들이 왕실을 사랑한 이유

친구의 집은 런던 남쪽 교외에 위치하고 있었다. 근처 역에서 교외선 전철을 타면 런던 중심의 워털루역까지 50분 정도면 갈 수 있다. 오늘은 런던 가이드 투어를 예약한 날이었다. 유럽의 주요 도시에 거주하는 한국인 가이드의 안내를 받을 수 있는 프로그램이다. 대중교통과 도보로 시내를 이동하며 역사와 문화해설을 들을 수 있다니, 기대가 컸다. 이곳에 왔었다는 증거를 남기기 위해 사진만 찍고 정신없이 돌아다니는 일반 관광패키지는 싫었다. 가격도 적당해서 마음에 들었다.

쉐펄튼역에서 워털루역까지 가는 교외선을 탔다. 쌀쌀한

날씨에도 불구하고 짧은 치마 교복을 입은 여학생들이 우리 가족을 곁눈질하면서 왁자지껄 소란스러웠다. 그리고 보니 열차에 동양인은 우리가 유일했다. 워털루역에서 가이드를 만나기로 한 트라팔카 광장까지는 지하철을 이용했다. 광장에 도착한 우리를 먼저 맞이한 것은 한겨울의 냉기를 품고 있는 차가운 바람이었다. 5월의 영국날씨는 뜻밖에도 춥고 바람이 많았다. 여름을 느낄 수 있는 한국과 달리 차가운 한기와 습한 공기가 체감기온을 떨어뜨렸다. 봄에 입는 얇은 스웨터로는 추위를 감당하기 힘들었다. 바람이 적은 계단 아래 통로에 몸을 숨겼다.

트라팔카 해전을 기념하는 넬슨 제독의 동상이 네 마리 강철 사자의 호위를 받으며 광장 중앙에 높이 솟아 있었다. 런던의 주요 행정기관이 밀집해 있는 광장 주변에는 서양미술의 교과서라 불리는 내셔널갤러리의 하얀 대리석 건물이 유서 깊은 도시를 품위 있게 내려다보고 있었다. 내셔널갤러리로 올라가는 계단 아래에 삼삼오오 한국인 관광객들이 모이기 시작했다. 하나같이 얇은 옷을 입고 오들오들 떨고 있는 사람들이 조금이라도 찬바람을 피하기 위해 계단 아래에 모여들어 서로 어색한 눈빛을 나누었다. 그 누구도 런던의 5월 날씨가 이렇게 추울 것으로 예상하지 못했을 것이다. 뒤늦게 도착한 가이드는 얼굴이 햇빛에 새까맣게 그을린 마른 몸매의 젊은 아가씨였다. 말투에 남아있는 경상도 사투리가 그녀의 고향을 짐작하게 했다. 광장 건너편에 위치한 해군성 건물 앞을 지나 버킹엄궁 연병장으로 향했다. 이곳의 위병 앞에서 찍은 사진은 런던 관광에서 빠지지 않는 기념품일 것이다. 마네킹처럼 꼼짝하지 않고 말 위에 앉아있는 위병을 관찰하면서 사람이야 충분히 그럴 수 있겠다 싶지만 말조차 눈 한번 깜빡이지 않는 모습은 무척이나 신기했다. 정말 살아있는 말이기는 한 건지, 갑자기 눈앞에 손을 가로저으며 말을 불러보고 싶은 충동이 느껴졌다. 말을 놀라게 하면 위험하다는 경고문이 말 옆의 기둥에 커다랗게 붙어있는 것으로 보아 나 같은 충동을 실제로 행하는 사람이 적지 않은가 보다. 연병장 안쪽에서는 버킹엄의 경비병들이 여왕의 생일날 벌어질 열병식 준비가 한창이었다. 추운 날씨 때문에 말들이 거친 숨을 내쉴 때마다 하얀 입김이 푹푹 뿜어 나왔다.

　명예혁명을 거치면서 왕실의 권한이 축소되었음은 물론이

요, 철저한 의회민주주의를 실현했음에도 불구하고 여전히 왕실이 국민으로부터 존경과 사랑을 받는 이유는 무엇일까? 아마도 국민에게 권위를 강권하지 않고 왕족들이 국익을 위해 솔선수범하기 때문이 아닐까 싶었다. 전쟁이 일어나면 젊은 왕실 남자들이 최전선에서 자신을 희생하는 데 앞장서고 구호 단체의 리더로 활동하거나 정치적 갈등을 중재하기도 한다. 영국의 왕실은 그렇게 자신들의 존재 가치를 국민에게 각인시켰다. 진정한 존경과 권위는 결코 권력과 부를 통해서 오는 것이 아니라는 사실을, 국민을 진정 사랑하는 행동에서 비롯되어진다는 것을 그들은 오랜 경험으로 체득하고 있었다.

근위병 교대식을 보기 위해 여왕의 정원을 가로질러 버킹엄 궁 정문 앞으로 걸어갔다. 여왕의 것이라기엔 소박해 보이는 작은 규모의 정원이었다. 이곳의 주인은 여왕이 아니라 비둘기가 아닐까 싶을 만큼 수많은 비둘기가 일제히 비행하며 행인들을 위협했다. 백조가 헤엄치는 아름다운 호숫가를 바라볼 수 있는 벤치 위를 배설물로 뒤덮어 놓아 아무도 그 벤치에 앉을 수 없게 만들었다. 빅토리아 여왕의 황금 동상이 있는 광장에 군악대의 행진곡이 울리면 말 탄 위병들이 버킹엄

궁의 정문으로 행진했다. 우리나라 국군 의장대처럼 절도 있는 모습을 보여주거나 군악대가 연주하는 음악이 특별히 웅장하거나 아름답지도 않았다. 구경하는 관광객들을 위한 특별한 쇼를 벌이는 것도 아니었다. 군인과 경찰들이 근무를 교대하기 위해 연병장에서 궁으로 자유롭게 이동하는 모습일 뿐이었다. 절도 있는 의식과 아름다운 음악과 친절한 설명이 이어지는 서울의 덕수궁 수문장 교대식은 세계인이 얼마나 보고 싶어 할까? 덕수궁 수문장 교대식 인원을 지금보다 열배쯤 늘리고 하루에 한 번 교대를 마친 후, 전통악기 연주단을 앞세워 세종로를 거쳐 광화문까지 행진한다면 이보다는 훨씬 아름답고 멋있는 장면이 연출되지 않을까? 생각보다 어수선한 영국 근위대 행진을 보며 나는 이런 생각을 했다.

웨스트민스터사원, 레이스터광장, 국회의사당, 피카다리서커스, 런던타워, 세인트폴성당, 코벤트가든을 차례로 다니며 가이드는 영국의 역사와 문화를 생동감 있게 설명해주었다. 하지만 단 한 곳도 내부에 들어가 보지 못했다. 짧은 시간에 여러 곳을 둘러보는 빡빡한 일정 때문에 이름난 명소마다 길게 늘어선 입장 순서를 기다릴 수 없었다.

영국식 정원에서의 하루

바뀐 시간대에 적응하지 못한 몸이 예상치
못한 추위와 피로를 건디지 못했다. 어제 하루 투어를 따라

다니며 가족들의 체력이 고갈되었다. 하루 정도는 쉬어야 했다. 본격적인 여행이 시작되기도 전에 병이라도 나면 큰일이었다. 저절로 눈이 떠질 때까지 늦잠을 잤다. 늦은 아침을 먹고 런던 근교의 오래된 공원을 가볍게 산책했다. 한때 헨리 8세의 사냥터로 사용되었던 숲 속에 사슴들이 길 가는 사람이나 지나가는 자동차에 아랑곳하지 않고 유유히 풀을 뜯고 있었다. 사람들은 풀밭에 앉아 책을 읽거나 산책을 하고 조깅을 했다.

영국이 없는 대영박물관

쉐펄튼에서 출발하는 통근열차는 직장인의 출근과 학생들의 등교 시간이 끝나는 아침 9시 30분 이후부터 요금이 반액으로 할인되었다. 아침 시간을 여유 있게 보내고 할인시간에 맞추어 시내로 가는 전철을 탔다.

낯선 나라를 여행할 때 반드시 놓치지 말아야 할 곳은 박물관이다. 그들의 역사와 문화를 가장 함축적으로 빠른 시간에 확인할 수 있는 공간이기 때문이다. 세계최초의 국립박물관이며 세상에서 가장 유명한 박물관 중의 하나인 대영박물관을 방문하고 가이드 투어에서 스쳐 지나간 런던 시내의 숨겨진 모습들을 조금 더 찬찬히 살펴보기로 했다. 지하철에서 내려 지도를 보며 박물관 가는 길을 찾았다. 어디서부터 길을 잘못 들었는지 한동안 이리저리 뒷골목을 헤맨 끝에 간신히 박물관 뒤쪽 지하 1층 출입구를 찾을 수 있었다. 어둡고 좁은 복도와 계단을 따라 박물관 1층으로 이동했다. 중앙 홀이 5층 높이의 투명한 유리 돔으로 뻥 뚫려있어 밝은 햇빛이 그대로 실내를 비추었다. 격자무늬의 유리 돔 골조의 높이가 까마득한데 그 바깥에서 인부들이 외줄에 매달려 위태롭게 작업을 하고 있었다. 넓은 중앙 홀 가운데에 화장실과 기념품 가게 등의 편의시설이 있는 원통형 건물이 유리 돔 아래에 자리 잡고 있다. 건물의 외측을 따라 위층으로 올라가는 나선형 계단이 박물관의 웅장함을 더해주었다.

파리의 루브르 박물관과 더불어 세계 최고를 자랑하는 대영박물관의 컬렉션은 일주일을 보아도 시간이 부족할 만큼 방대한 양이다. 모두 다 보겠다는 욕심은 버리고 가장 관심 있는 유물을 우선으로 관람 동선을 계획해야 했다. 아이들이 1층 카페에서 간식을 먹으며 쉬고 있는 사이 나는 안내책자를 상세히 읽으며 관람 동선을 고민했다. 카이로의 국립박물관보다 더 많이 수집되어 있다는 이집트 유물과 고대 그리스 조각품이 무엇보다 내 관심을 끌었다. 이집트 유물은 1층과 2층에 모여 있었다. 유물의 전시순서를 따라가면 자연스럽게 중앙 홀의 나선계단을 따라 빙글빙글 돌아 올라가도록 동선이 구성되어 있다. 전체 관람 시간은 예상보다 많이 소요되지 않았다. 이집트와 그리스의 유물 외에 상당 부분이 중세의 종교미술이 차지하고 있어서 비종교인인 내게 예술적 호기심을 이끌어내지 못했다. 상대적으로 눈에 익숙한 동양미술은 빠른 걸음으로 스치듯이 관람을 마쳤다.

　이집트의 조각상은 오천 년 전 사람들의 미적 감각과 기술이라고는 믿을 수 없을 만큼 정교하고 아름다웠다. 미라의 주검을 감싼 천이 너무나 잘 보존되어 있어서 그 속에 누운 사람이 당장이라도 살아나올 것 같아 유리관 안을 가까이 들여다보기 무서웠다. 로제타석에 선명하게 각인되어있는 세 가지 문자는 실제로 내가 그 돌을 통해 고대와 소통되는 것처럼 신비로웠다. 무엇보다 놀라운 것은 이 진귀한 보물들을 전시하는 방법이었다. 인류의 보물과도 같은 귀중한 조각품들이 대부분 유리 상자 하나 없이 전시실에 노출되어 있었다. 누구나 마음만 먹으면 만질 수 있었고 낮은 곳에 전시된 조각들은 아이들이 걸터앉거나 올라타기에 충분했다. 조각품들의 뾰족한 귀퉁이가 반질반질하게 닳아 있는 곳이 많았다. 사람들의 손길이 분명해보였다. 별다른 제제가 없으니 조각의 표면과 미술품의 섬세한 붓 터치를 직접 만져보고 싶은 욕망이 생겼다. 안내인의 말에 의하면 예술품들이 관람객들의 손길 때문에 물감이 떨어지고 캠퍼스가 찢어지는 사고를 종종 당한다고 했다. 그럼에도 별다른 안전장치 없이 방치하듯이 유물들을 전시하는 이유를 나는 도무지 알 수 없었다. 관람자들의 양심을 전적으로 믿기 때문은 아닐 것이고, 전시물들을 최대한 가까이에서 감상할 수 있도록 배려한 것인가? 모르긴 해도 대부분의 유물이 영국 이외의 나라에서 약탈하거나 전리품으로 가져온 것들이기 때문은 아닐까? 대영박물관의 그 많은 예술품 중에서 가장 적었던 것은 바로 영국, 그들 고유의 유물이었다. 해가 지지 않은 대영제국이라는 과거의 명성처럼 대부분의 전시된 유물들은 식민지시대의 전리품이었다. 승리자의 전리품은 빼앗긴 입장에서는 약탈에 불과한 것이다. 유물들 곳곳에 그것들이 원래 있던 장소에서 영국으로 운반되는 과정에서 발생한 파괴의 흔적이 선명히 남아있었다. 감청색 무늬가 촘촘히 박혀있는 붉은 화강암으로 조각한 람세스 2세의 멋진 조각상 쇄골에는 아래위로 구멍이 뻥 뚫려있다. 탐욕스러운 영국인들이 무거운 조각상을 운반하기 위해 오천 년 전의 조각상에 주저 없이 크레인 고리가 들어가는 구멍을 뚫어버린 것이다. 아테네의 파르테논 신전에서 수천 년간 아크로폴리스를 굽어보고 있던 조각상들은 산산이 분해되어 엘긴마블이란 이름으로 박물관의 가장 중요한 공간을 차지하고 있다. 식민지의 유물 약탈에 앞장섰던 엘긴은 문화재수집의 공로로 영국 여왕으로부터 귀족의 작위를 받았다고 하니 무엇이 선이고 무엇이 악인지, 무엇이 참이고 무엇이 거짓인지 도무지 갈피가 잡히지 않았다. 약탈당한 문화재를 돌려달라는 요구에 영국인들은 미개국에서 훼손 직전의 문화재를 수집하여 보호하는 진정한 문화재 수호자라는 궤변을 늘어놓고 있다. 영국이 미개하다고 생각하는 식민지의 국민은 적어도 인류의 유산에 함부로 구멍을 뚫어 뜯어내고 아무렇게나 운반하는 진짜 미개한 짓은 하지 않았다. 그들은 그것을 창조한 이들이기 때문이다.

오랜 역사를 지속하며 전쟁이나 종교적 갈등으로 유물이 파괴되기도 했지만 식민지 시대에 자행된 약탈은 고대유물을 가장 대규모로 훼손한 사건이었음이 분명하다. 나 역시 수많은 전쟁과 일제 강점기를 거치며 조상들의 찬란했던 유산들이 파괴되거나 약탈당한 역사가 있는 나라의 국민이다. 우리나라 석굴암 본존불의 아름다운 미소를 일본의 어느 박물관에서 어깨에 구멍이 뚫린 채 발견한다면, 가슴을 울리는 에밀레종의 울림을 중국의 어느 절간에서 듣게 된다면 과연 기분이 어떨까? 이런 상상을 하며 바라본 대영박물관 전시물들은 가슴 한구석을 씁쓸하게 만들었다.

아이들에게 장난감으로 가득 찬 가게만큼 동심을 만족시키는 곳은 없을 것이다. 박물관의 유물들을 둘러보며 나 혼자 이런저런 상념에 사로잡혀 있는 사이 지루했던 아이들을 위해 영국에서 가장 유명한 장난감 가게 "햄리스"를 찾아갔다. 런던의 중심가인 옥스퍼드 스트리트와 리전트 스트리트를 지나는 이층 버스에 앉아 낯선 도시와 그곳에 사는 사람들 모습을 관찰했다. 중세시대에 마차가 다니던 오래된 길을 그대로 사용하는 구도심의 도로는 좁고 구불구불했다. 덩치 큰 2층 버스와 검은색 택시가 아슬아슬하게 비켜 다녔다. 고풍스러운 7층 석조건물 전체가 장난감 가게였다. 이상한 나라의 앨리스 복장을 한 아가씨가 가게 앞을 오가는 행인들에게 사탕을 나눠주거나 사진을 같이 찍으며 어린 손님들의 발길을 유혹했다. 1시간 넘게 장난감 가게 안을 정신없이 뛰어다니던 윤재는 기어이 무선 조종되는 자동차 한 대를 사고서야 겨우 돌아섰다.

자연사 박물관으로 가는 버스노선을 찾지 못해 지하철을 타기로 했다. 런던의 지하철은 우리와 다른 점이 많았다. 지하로 내려가는 통로는 두 사람이 지나면 어깨를 부딪칠 만큼 좁다. 정거장의 폭이 비좁아 사람들이 플랫폼으로 들어오는 열차와 부딪힐 것 같아 위험해 보였다. 아무렇게나 전선이 드러난 천정과 페인트 색이 바랜 벽에는 먼지가 새까맣게 뒤덮여 있었다. 열차 내부는 좁고 객차 사이 이음새가 정교하지 못해 바퀴의 진동소음이 고스란히 실내에 전해졌다. 무엇보다 놀라운 것은 지하철역 곳곳에서 풍기는 악취였다. 화장실을 찾기 힘든 사정과 냄새로 판단하면 악취의 원인은 분명했다. 이토록 많은 사람이 오가는 곳에, 몸을 돌려 숨길 곳도 없는 이곳에, 도대체 어떤 사람들이 이런 짓을 했을까? 악취의 강도로 미루어 짐작하건대, 한두 사람에 의한 것이 아니었고 하루 이틀 동안 벌어진 일도 아니었다. 신사의 나라 영국 시민들이 이런 악취 속에서 아무렇지도 않게 지내는 아이러니에 웃음이 나왔다. 열차를 기다리는 짧은 시간 동안에도 나는 코를 막지 않고는 견디기 힘들었다.

자연사 박물관은 화려하고 웅장한 건물로 외형이 방문객들을 먼저 압도했다. 미색 대리석 바탕에 연분홍과 푸른 돌을 모자이크한 고딕식 건물은 그 자체가 하나의 커다란 예술품이었다. 어두운 실내는 관람객들로 혼잡했다. 지금부터 무려 100년 전, 영국인들은 이토록 크고 아름다운 건물을 지어 자연사 자료를 전시하기로 했다. 단순히 건물만 멋있게 짓는다고 자연사 박물관이 완성되는 것은 아니다. 제일 먼저 자연과학 연구를 장려하여 학자들을 배출하고 학생들을 교육하는 데 투자해야 한다. 교육은 결과물이 나올 때까지 긴 시간이 필요한 투자기 때문이다. 미지의 세계에 파견할 수 있는 충성스러운 군대를 키워야 하며, 긴 항해를 견딜 수 있는 안전한 배를 짓는 조선기술과 망망대해를 항해하는 항법기술을 개발해야 한다. 수집한 자료를 분류 보존하고 전시하는 체계적인 시스템도 구축해야 한다. 무자비한 군사력을 앞세워 단순히 무력으로만 세계를 지배하는 것은 불가능하다. 병합하거나 약탈해야 할 대상을 세밀히 알아야 그들을 진정으로 통치할 수 있다는 사실을 영국인들은 이미 잘 알고 있었다. 제국을 건설하는 힘은 어느 날 갑자기 생기는 것이 아니었다. 오랜 시간 동안 영국이라는 국가시스템이 제국을 건설하고 유지하도록 변화하고 발전되어야 비로소 가능한 것이었다.

아침에 쉐펄튼을 떠날 때는 런던타워와 웨스트민스터사원 그리고 세인트폴 성당 중 한 곳을 입장하여 내부를 구경하고 밀레니엄 브리지를 건너 테이트모던 미술관을 관람할 계획이었다. 하지만 기차요금을 아끼기 위해 출발이 늦어진 데다 장난감가게에서 아이들이 시간을 지체하는 바람에 자연사 박물관을 둘러보고 나오니 이미 시내의 모든 박물관이 문을 닫을 시간이 되었다. 어쩔 수 없이 집으로 돌아가야 했다. 우리가 도착할 시간에 맞추어 저녁을 준비하고 있을 친구의 아내에게 무엇이라도 보답하고 싶었다. 아내가 워털루역 식료품가게에서 과일을 한 아름 샀다.

우리 가족이 친구 집에서 지내는 마지막 밤이 깊어가고 있었다. 따뜻하고 아늑한 베이스캠프를 떠나 이제야 비로소 진짜 여행이 시작되는 것 같아 설레고 긴장되었다. 동네 펍에서 맥주 한 잔씩을 시켜놓고 헤어지는 아쉬움을 달랬다. 내일 아침 런던을 떠나면 친구를 다시 만나기는 쉽지 않을 것이다. 7년을 헤어졌다 3일을 같이 보낸 친구였다. 아무도 없이 버려졌다고 여기는 이 세상에서 모처럼 나를 위해 정성을 다해주었던 친구가 벌써 그리워졌다. 늦은 밤 집으로 돌아오는 런던의 밤거리가 유난히 추웠다.

우리는 이 여행을
무사히 끝낼 수 있을까?

5월 15일 ~ 5월 19일

두려운 여정

영국을 떠나 유럽대륙으로 갔다. 도버해협을 건너온 페리가 도착하는 프랑스 북부도시 깔레에서 차를 빌려 이제 본격적인 자동차 여행을 시작할 것이다. 프랑스의 자동차회사 푸조에서는 자사의 제품을 홍보하기 위해 저렴한 가격에 자동차를 리스해준다. 유럽 이외 국가에서 유럽으로 여행 오는 사람만 이용할 수 있는 이 프로그램을 신청하면 공장에서 생산되어 한 번도 운행하지 않은 새 차를 빌릴 수 있다.

페리가 출발하는 도버로 쉽게 갈 수 있도록 민기가 사설택시를 예약해주었다. 약속시간에 생각보다 커다란 밴이 도착했다. 운전기사의 인종과 복장이 생소했다. 눈이 깊고 코가 큰 전형적인 인도계 남자였다. 검은 피부에 덥수룩한 수염이 얼굴을 거의 덮고 있었다. 시크교도 남자를 상징하는 두툼한 터번을 머리에 두른 모습이 내 눈에는 무척 거추장스러워 보였다. 차를 출발시키면서 그는 자신을 아프가니스탄 출신이라고 소개했다. 도버까지 1시간 30분 정도 소요될 것이라고 설명해주었고 요금은 150파운드로 미리 협의되었다. 내전으로 고통 받고 있는 아프가니스탄을 가족과 함께 탈출하여 영국에 정착한 자신의 이야기를 운전하는 동안 들려주었다. 능숙하지 못한 영어였지만 그는 이야기를 멈추지 않았다. 자신의 삶을 하소연하는 기사는 같은 이방인이라는 동질감 때문에 내가 자신의 처지를 더 잘 이해해줄 것이라 기대했던 것 같다. 전 세계의 많은 사람이 결코 쉽지 않은 하루하루를 살아간다. 살아 내야만 하는 힘겨운 인생은 세상 누구에게나 한결같은 일일까? 도대체 행복하게 살아가는 사람은 누구인가? 세상의 모든 사람이 이처럼 모두 자신이 불행하다고 여긴다면 인류의 삶이 어떻게 영속되고 있는 것일까?

뒷자리에 앉은 아내가 내 어깨를 두드렸다. 뒤를 돌아보았더니 아내가 손가락으로 코를 막고 창문 열어달라는 손짓을 했다. 차 안에 그의 독특한 체취가 가득 차있었다. 창문을 위를 살짝 열고 그가 눈치 채지 못하게 손가락으로 코를 슬쩍슬쩍 막아야 했다.

고속도로와 좁은 산길을 번갈아 달리던 차가 나지막한 고개마루를 넘어서자 바다와 항구가 보였다. 거대한 석회암이 수직으로 절단되어 새하얀 단면을 드러내고 있는 독특한 풍광이 단번에 우리의 시선을 사로잡았다. 신비한 광경에 놀란 아이들이 낮은 감탄사를 터뜨렸다. 모두가 입을 반쯤 벌리고 바라보는 화이트클리프 지형이 나는 전혀 낯설지 않았다. 코난 도일과 아가사 크리스티의 탐정소설에 푹 빠져 있던 중학교 시절, 소설 속의 매력적인 주인공, 괴도 루팡이 비밀 아지트로 사용하는 기암성이 바로 화이트클리프 해안에 있었기 때문이었다. 하얀 수직 절벽과 해안에서 떨어진 바늘 모양의 기암성이 소설 속에 흑백삽화로 스케치 되어있었다. 소설에 매료되었던 나는 셜록 홈즈에게 쫓기는 루팡을 따라 화이트클리프의 비밀 해저통로를 통해 기암성으로 감쪽같이 사라지는 상상을 하곤 했다.

차창 밖으로 펼쳐졌던 깔끔한 도로와 단정한 마을과는 달리 항구는 꽤나 어수선했다. 낡은 컨테이너들이 아무렇게나 널브러져 있었고 작동하지 않는 크레인에는 붉은 녹이 슬어 있었다. 여객선 터미널은 버려진 어시장 창고처럼 허름했다.

배의 움직임을 따라 출렁거리는 철재 계단을 따라 조심스럽게 배에 올랐다. 뱃머리 풍경이 잘 보이는 맨 앞 선실에 앉았지만 안개와 옅은 빗방울이 도버해협을 건너는 여객선의 시야를 막았다. 선실 의자 사이로 달리는 윤재의 장난감 자동차가 다른 승객들에게 불쾌감을 주지 않을까 걱정하며 지켜보았다.

옅은 비가 내리는 깔레 항구는 여행객들이 드물고 조용했다. 프랑스와 영국의 백년 전쟁 당시 프랑스 서북쪽에 위치한 깔레 시민들은 영국군의 침략에 맞서 끝까지 저항했다, 정규군에 대항한 작은 시골마을 사람들의 항복은 어쩌면 당연한 것인지도 모른다. 시민들의 격렬한 저항에 상당한 피해를 입은 영국 왕 에드워드 3세는 시민들을 살려주는 대신 희생될 여섯 명을 요구했다. 시민들은 누가 희생할 것인지

논의했다. 도시에서 가장 부유한 상인이 제일 먼저 자원했고 뒤이어 시장이 나섰다. 상인의 아들이 행동을 같이했다. 시민 4명이 더 희생을 자처했다. 다음날 7명이 목에 밧줄을 매고 영국군에게 가서 처형을 요구했다. 이에 영국 왕은 1명을 제외시키라고 명령했지만 아무도 나서지 않았다. 다음 날 처형장에 가장 늦게 오는 사람을 제외시키자는 상인의 제안에 모두 동의했다. 그런데 다음날 그가 나타나지 않았다. 이상하게 여긴 사람들이 집으로 찾아갔다. 그는 싸늘한 시신이 되어있었다. 자원한 7명 가운데 한 사람이 살아남으면 나머지 순교자들의 사기가 꺾일 것을 염려한 늙은 상인이 먼저 죽음을 선택한 것이다. 이들의 희생정신에 감동한 왕비가 왕에게 자비를 요청했고 결국 임신한 왕비의 청을 받아들여 왕은 남은 6명을 살려주었다. 이후 깔레는 노블레스 오블리주의 상징이 되었다. 깔레 시민들의 요청을 받은 로댕은 10년의 작업 끝에 깔레의 시민들이라는 청동 조각으로 그들을 기억하게 했다. 이런 정의의 역사가 있는 곳이어서 일까? 겉치레 하나 없는 페리 터미널의 모습이 오히려 아름답고 여유롭게 보였다.

터미널에서 멀지 않은 푸조 사무실에서 예약한 자동차를 받았다. 인상이 너그러워 보이는 나이 지긋한 여직원은 자동차를 조작하는 방법과 운행할 때 발생할 수 있는 문제에 대처하는 방법까지 꼼꼼하게 알려주었다. 오랜 시간 설명을 마친 직원은 좋은 여행하라며 가족 모두에게 일일이 악수를 했다. 한국산 이외의 차를 운전하는 일은 처음이었다. 디젤 엔진 승용차는 한국에 판매조차 되지 않았고 수동기어 역시 20년 전, 처음 운전 배울 때 후로는 사용하지 않았다. 다른 나라 도로에서 운전하는 일도 평생 처음이었다. 나는 이 차에 가족을 태우고 앞으로 한 달 동안 유럽 전역을 운전하고 다녀야 한다. 핸들을 잡은 손이 가늘게 떨리며 나도 모르게 마른침을 삼켰다. 차 안의 장치들을 한 번 더 확인하고 시동을 걸었다.

첫 번째 목적지인 부르게를 네비게이션에 입력했다. 거리는 140㎞, 이동시간은 한 시간 반이 소요된다는 표시가 들어왔다. 네비게이션에 보이는 내용이 우리나라의 화려한 3차원 지도와 많이 달랐다. 흑백의 화면에 왼쪽, 오른쪽, 직진, 턴어라운드가 안내의 전부였다. 잡다한 정보를 복잡하게 알려주는 것보다 간결한 안내가 오히려 길 찾는 데 도움이 되었다.

고속도로 양쪽으로 초록의 경작지가 지평선까지 이어졌다. 도로는 시야 중앙에 소실점을 이루며 곧게 뻗어 있었다. 넓지 않은 도로였지만 운행하는 차가 적고 표지판이 명확해 내가 찾아야 할 길을 쉽게 예측할 수 있었다. 운전이 우리나라보다 편안했다. 곰곰이 도로를 살펴보면서 우리나라 고속도로에서 흔히 볼 수 있는 것들이 이곳에서는 찾기 힘들다는 사실을 깨달았다. 부르게까지 가는 전 구간에서 터널은 단 한 곳도 없었다. 작은 하천을 가로지르는 몇 개의 교량은 운전자가 느끼지도 못했다. 끝없이 펼쳐진 평원을 가로지르는 직선 도로는 오르막 내리막 없이 평탄해서 운전자의 시야가 넓게 확보되었다. 산악지역을 구불구불하게 돌아가느라 터널과 교량이 반복되는 국내 고속도로보다 운전이 편안한 것은 당연한 일이었다.

브르게에 도착해서 제일 먼저 도시 중심의 광장을 찾았다. 작은 마을로 생각했던 도시는 수많은 골목이 미로 같이 촘촘하게 이어져 있어서 한참 동안 헤맨 후에야 간신히 광장에 도착할 수 있었다. 계단형 지붕과 색색의 벽돌로 멋을 낸 중세시대 건물들이 직사각형 광장을 에워싸고 있는 모습은 동화책 속 삽화를 그대로 현실에 재현해 놓은 것 같았다. 골목에서 탁 트인 광장으로 들어서는 순간 때마침 내리기 시작하는 부슬비가 광장의 동화적 분위기를 더욱 고조시켰다. 풍경에 반해 한참 사진을 찍고 있는 사이 해가 기울기 시작했다. 그제야 나는 오늘 우리가 묵을 숙소가 결정되지 않았다는 사실을 깨달았다. 물을 사러 들어간 광장 한편의 가게에서 가까운 숙소를 문의했다. 가게 주인이 서툰 영어로 안내해 준 몇 곳 중에 이비스라는 단어가 귀에 들어왔다. 이비스라면 내가 익히 알고 있는 호텔 체인이었다. 방을 빌리는 데 필요한 돈이 내가 정해 놓은 하루 숙박비 50유로의 2배 이상이었지만 첫날부터 낯선 도시에서 헤매기 싫었다. 숙박 인원을 두 명이라고 속였다. 나와 연재가 먼저 체크인을 하고 아내와 윤재는 내가 방에 들어가서 전화문자로 방 번호를 알려주어 찾아오게 했다.

싱글 침대 두 개가 꽉 찰 만큼 좁은 방에 여행 가방을 들여놓으니 아이들이 화장실에 가려면 가방을 밟고 지나가야 할 지경이었다. 아내와 아이들이 침대에 누워 쉬는 동안, 나는 런던에서 아무렇게나 담아온 짐들을 차 뒤 짐칸에 맞도록 분류했다. 매일 필요한 물건과 가끔 필요한 물건들로 나누어 가방을 옮겨 담았다. 짐 정리에 정신없는 사이 창밖에 빗방울이 거세졌다. 빗소리를 자장가 삼아 가족들은 어느새 잠이 들어버렸다. 저녁 9시가 넘은 시각임에도 밖은 여전히 석양빛으로 환했다. 가방을 정리하고 다시 시내로 나가고 싶었다. 낮에 본 광장은 밤에 조명이 비치면 낮보다 훨씬 더 아름다울 것이었다. 하지만 쌔근쌔근 잠에 빠진 가족들을 굳이 깨우고 싶지 않았다. 지쳐 잠든 모습들이 마치 셋집에서 쫓겨나 갈 곳 없는 가족이 싸구려 여인숙에 여장을 푼 것처럼 슬퍼 보였다. 숨어 들어간 여인숙이 다른 나라 낯선 도시에 있을 뿐이었다.

침대 귀퉁이에 앉아 런던에서 쓰고 남은 파운드화와 지갑 속에 남겨둔 유로화를 계산해 보았다. 한국에서 출발하며 준비한 2,500유로가 여행 시작 일주일도 안 되어서 반 토막이 나버렸다. 하루 150유로 이하로 지출하기로 계획하고 총 경비를 준비했는데, 영국에서는 친구 집에서 머물렀음에도 불구하고 하루 평균 200유로 이상이 소요되었다. 부족한 경비는 월말에 입금받기로 한 가게 보증금 일부를 이용할 수 있겠지만 계획보다 비용이 많이 지출되어서 걱정이다.

신문지만 한 작은 창밖으로 번개가 간간이 내리치더니 빗소리가 점점 둔탁해졌다. 좁은 매트리스 밖으로 튀어나온 연재의 다리를 모아 가지런히 하고 아내가 돌돌 말고 있는 이불을 풀어 아이와 함께 덮어주었다. 나와 윤재가 자야 할 좁은 싱글 침대를 화장실 벽 쪽으로 바짝 밀었다. 몸부림이 심한 아이가 잠결에 침대에서 떨어지지 않도록 벽 쪽으로 뉘었다.

동화 같은 곳에서 잠 못 이루고

깊은 걱정 때문에 쉬이 빠져들지 못했던 잠은 창밖에 여명이 밝아오면서 재빨리 달아나버렸다. 짐을 미리 차에 실어 놓으면 아이들이 일어나자마자 바로 출발할 수 있을 것이었다. 아이들과 아내가 운반하기에는 가방이 너무 크고 무거웠다. 가족들이 깨지 않도록 조용히 문을 열고 주차장으로 향하는 엘리베이터를 탔다. 그런데 지하층 버튼이 눌러지지 않았다. 버튼 옆에 적혀 있는 문구가 눈에 들어왔다. 투숙객의 안전을 위해 아침 7시까지 주차장은 폐쇄된다니 문이 열리려면 1시간이나 기다려야 했다. 작은 소파 2개가 전부인 호텔 로비는 답답해 보였다. 혼자 우산을 챙겨 거리로 나섰다. 비 내리는 새벽 거리는 한산했다. 잠이 깬 아내가 내가 없으면 놀랄 테니 멀리 가지는 못했다. 7시에 주차장으로 통하는 문이 열리는 것을 확인하고 방으로 돌아왔다. 문을 여는 소리에 아내가 일어났다. 아이들을 깨워서 나갈 준비를 하라고 하고 짐들을 옮겼다. 카펫이 깔려 푹신한 복도에서 큰 가방의 바퀴가 잘 구르지 않았다. 무거운 가방을 들어서 옮기느라 시간이 생각보다 많이 지체되었다.

　차를 운전해 부르게 광장으로 향했다. 여전히 비가 내렸고 기온이 쌀쌀했다. 잠이 덜 깬 아이들은 뒷자리에서 졸았다. 아내와 나는 차로 광장을 한 바퀴 도는 것으로 만족하고 부뤼셀로 향했다. 소박하고 아기자기해서 동화 같은 느낌을 주는 부르게의 마르크트에 비하여 부뤼셀 그랑플라스의 건물들은 웅장하고 화려했다. 성당이 한쪽 면을 차지하고 시청, 법원, 궁전이 나머지 삼면에 자리한 사각형 광장이었다. 종교와 정치적으로 가장 중요한 시설들이 밀집되어 있는 유럽의 광장을 도시의 여행 시작점으로 잡는 것도 좋은 방법이다.

그랑플라스에서 이어지는 부케 골목은 벨기에식 홍합요리로 유명하다. 골목 입구부터 식당종업원마다 손님을 잡기 위해 와자지껄했다. 국물에 와인을 붓고 파슬리를 뿌려 커다란 토기 그릇에 담아 나오는 요리는 우리나라 포장마차 홍합찜과 비슷했다. 소문에 비해 맛은 조금 실망이었고 값이 엄청 비쌌다. 식사를 마치고 차가 주차된 곳으로 가는데 경찰들이 행인들을 막아섰다. 알록달록하게 치장된 차와 오토바이들이 행진하는 게이 퍼레이드였다. 윗옷을 벗고 엉덩이가 반쯤 보이는 가죽 바지를 입은 남자 한 쌍이 자동차 지붕 위에서 야릇한 춤을 추며 서슴없이 키스하는 모습은 쳐다보기 민망했다.

안드베르펜에 들러 전설이 얽힌 고디바 초콜릿을 맛보고 싶었지만 그러면 해지기 전에 오늘 숙소로 예정한 델프트의 캠핑장에 도착하기 힘들었다. 네델란드로 직행하기로 여정을 바꾸었다. 우리는 호텔에 비해 숙박비가 저렴한 캠핑장을 주로 이용하려는데, 설치하고 철거하는 시간이 많이 걸리는 텐트는 준비하지 않았다. 침대와 취사시설이 갖추어져 있는 방갈로를 빌릴 계획이었다. 델프트 캠핑장 방갈로에는 침대만 있고 난방시설이나 침구가 갖추어져 있지 않아서 침낭이 없는 사람들에게는 대여해주지 않았다. 우리가 가지고 있는 몇 장의 얇은 담요로는 분명 한밤의 추위를 견디기 힘들 것이었다. 침낭을 사 올까? 시내에 가서 호텔을 찾아야 하나? 예상치 못한 상황에 나는 당황했다. 규정을 설명하는 직원을 애처로운 눈빛으로 쳐다보며 최대한 동정심에 호소했다. 직원의 눈빛은 단호했다. 이곳에서 숙박을 단념하고 대책 없이 가족들에게 돌아서는 순간 직원이 나를 다시 불러 세웠다. 잠깐만 기다려보라며 사무실 뒤쪽으로 사라졌다 돌아오는 그의 품에 하얀 담요가 한 아름 안겨 있었다. 창고에 여분의 담요가 남아있었다고 말한 직원이 이거라도 사용하려면 방갈로를 빌려주겠다고 했다. 더욱이 담요를 빌려주는 요금은 받지 않는단다. 그보다 더 고마울 수는 없었다. 방갈로에 짐을 풀고 밥부터 지었다. 부뤼셀 홍합요리에 너무 많은 비용이 지출되어 종일 제대로 된 음식을 먹지 못했다.

　이른 저녁 식사를 마치고 델프트의 마르크트까지 걸어갔다. 금방 그칠 것 같던 비가 다시 굵어지더니 바람까지 거세지면서 기온이 떨어졌다. 작은 우산 하나가 비를 피할 수 있는 전부였다. 우산을 더 사기 위해 상점을 찾았지만 문 열린 곳이 없었다. 고작 오후 여섯 시밖에 안 되었는데 유명한 델프트 도자기를 판매하는 가게들도 벌써 문을 닫아버렸다. 24시간 불 밝힌 대한민국 도심에서 날아온 온 나로서는 도무지 이해할 수 없는 풍경이었지만 한편으로는 이들의 여유가 부러웠다.

작은 우산은 두 여자에게 넘겨주고 윤재와 나는 후드티셔츠의 모자를 눌러쓰고 캠핑장으로 되돌아 왔다. 시내를 흐르는 운하에 낮은 유리 천정의 유람선이 느린 속도로 지나갔다. 물길 양편으로 이끼 가득한 돌집들이 고풍스러웠다. 이런 도시의 모습을 어떻게 수백 년 이상 보존해 올 수 있었는지 대단하단 생각뿐이었다. 현대화라는 이름으로 옛것을 아낌없이 허물어버리고 아무렇지 않게 회색 콘크리트로 뒤덮어버리는 우리나라의 단순하고 개념 없는 개발이 안타까웠다.

연재가 갑자기 기침을 시작하더니 눈에 초점을 잃고 흐릿해졌다. 등에 업혀 힘없이 축 늘어진 몸에서 급격히 높아지는 체온이 느껴졌다. 걸음을 빨리해 숙소로 돌아왔다. 아이

는 피곤하거나 스트레스를 받으면 평소보다 심하게 몸을 긁
는다. 긁은 상처가 덧난 팔꿈치 안쪽과 손목, 무릎 뒤쪽에는
진물이 흘러나온다. 깨끗한 물에 씻긴 후 상처치료 연고와
보습제를 듬뿍 바르고 붕대를 감아 상처가 곪지 않도록 보호
해야 한다. 손톱으로 긁지 못하도록 아이의 손을 벙어리장갑
에 넣어 입구를 테이프로 묶었다. 그리고는 아이가 잠들 때
까지 가려운 부위를 긁어주어야 한다. 불결한 침구는 아이의
상태를 악화시킨다. 집에서 준비해온 진드기 퇴치제를 뿌려
놓긴 했지만 창고에 있었다는 담요가 그리 깨끗하지 않은 것

같다. 나는 얼굴이 벌겋게 부어오른 아이가 누운 침대 모서리에 걸터앉아 졸음을 쫓았다. 잠이 드는가 싶다가 얼마지 않아 아이는 다시 몸을 긁는다. 신경질적으로 공중에 휘젓는 손을 움직이지 못하도록 잡아채고 팔다리를 번갈아 긁어주었다. 부슬부슬 비가 내리는 창밖에 푸릇한 여명이 비치기 시작하고서야 아이가 진정되었다.

내 인생의 속도 제한

새벽에 제법 거세졌던 빗줄기가 동틀 무렵 잦아들었다. 새벽이 되어서야 뒤척임을 멈추고 간신히 잠이 든 연재의 눈 주위가 부어올라 있었다. 뺨에 각질이 하얗게 일어났다. 살며시 일어나 커피 한 잔을 만들어 방갈로 밖의 처마 아래 의자에 앉았다. 비에 젖은 풀냄새가 상큼했다. 눈을 감고 깊이 숨을 들이쉬었다. 소리 없이 옆에 와 앉은 아내가 내 손을 잡았다. 나는 아내에게 지친 미소를 지었다. 아내의 안타까운 마음이 맞잡은 손을 따라 내게 전해졌다. 아이와 고통스러운 밤을 보낸 나를 말없이 위로해 주었다.

치즈 시장으로 유명한 하우다에 도착했지만 일요일에는 상점이 영업하지 않았다. 풍차 마을 잔세스칸스는 하우다에서 2시간을 북쪽으로 달려야 한다. 쾰른을 거쳐 숙소가 있는 코블렌츠에 도착하려면 독일로 방향을 바꾸어야 했다. 한참을 달려도 국경을 알리는 표시 하나 없더니 도로 표지판이 독일어로 바뀌는 지점부터 내비게이션의 제한속도 표시가 사라졌다. 우리를 스치는 차량의 속도가 눈에 띄게 빨라졌다. 아우토반이었다. 나도 과감하게 차의 속력을 높였다. 150, 170, 180㎞를 넘어가면서 엔진이 굉음이 울리고 차체가 격렬하게 떨리기 시작했다. 한 번도 느껴보지 못한 속도의 쾌감이 짜릿하게 전신을 흔들어 놓았다.

쾰른으로 들어가는 길에 어수선하게 들어선 공장들이 한국의 어느 공업도시와 비슷했다. 대성당의 검은 첨탑이 삭막한 도시 분위기와 미묘한 조화를 이루었다. 카메라의 작은 앵글에 모두 담을 수 없을 만큼 성당의 규모는 거대했다. 오로지 신에 대한 인간의 믿음 하나만으로 이토록 웅장한 건축물을 만들 수 있다는 사실에 나는 전율을 느꼈다.

성당 앞에서 한 개에 4유로씩 하는 대성당 모형을 기념품으로 샀다. 그러나 점심을 먹고 나오는 맥도날드 앞의 또 다른 가게에서는 같은 기념품 5개를 10유로에 팔았다. 뒷목을 잡을 일이었다. 저렴하게 점심을 해결하기 위해 선택한 맥도날드 햄버거도 15유로가 필요했다. 경비가 눈에 띄게 줄어들고 있다. 그렇다고 점심을 거를 수도 없었고, 돈 없으니 기념품 같은 것은 사지 말라면서 가족들을 불안하게 만들 수도 없었다.

본을 거쳐 로만틱가도의 시작인 코블렌츠로 갔다. 조용한 소도시쯤으로 생각했던 코블렌츠는 예상과 달리 대단히 번화한 도시였다. 오늘은 독일의 시골 민박인 짐머에서 운치 있는 하룻밤을 보내려던 계획이었지만 이처럼 큰 도시에는 짐머가 없다. 가까운 에탑호텔 주차장에 차를 세우고 혼자 체크인 서류를 작성하러 들어갔다. 방을 한 개만 빌리기 위해 아내와 나 그리고 아이 한 명이 일행의 전부라고 기입했다. 내가 작성한 서류를 살펴보던 직원이 창밖을 가리키며 저기 주차장에 뛰어다니는 두 아이가 당신 아이 아니냐고 물었다. 장거리 운전에 답답했던 아이들은 주차장에 도착하자마자 차에서 내려 주차장을 뛰어다니며 장난을 치고 있었다. 독일의 외진 시골마을에 동양인 아이가 우리 가족 외에 또 있을 가능성은 없을 테니 발뺌은 불가능했다. 나는 아이들이 어려서 방 한 개면 충분하다고 설득했다. 법을 위반할 수 없다는 직원은 허락하지 않았다. 어쩔 수 없이 하룻밤에 48유로 하는 방을 두 개 빌려야 했다.

코블렌츠는 라인강과 모젤강이 합쳐지는 곳에 위치하여 예로부터 운하 물류가 집결하는 곳이었다. 두 강이 만나 하나로 되는 모습이 내려다보이는 언덕 위에는 시원한 바람이 불었다. 강변 공원에서 아이들에게 아이스크림을 사 주었다. 음식을 조심해야 하는 연재는 아이스크림을 손에 쥐고 엄마의 눈치를 살폈다. 피부에 트러블을 일으킬 수 있는 가공 음식은 되도록 먹지 못하게 한다. 먹는 것에 큰 행복을 느끼는 아이가 먹고 싶은 마음을 참아내는 모습이 늘 애처롭다. 허락하라는 내 눈짓에 아내는 엄마랑 나눠 먹자며 아이가 먹을 양을 조금이라도 줄이기 위해 노력했다. 곧 비가 내릴 것 같은 흐리고 쌀쌀한 날씨였지만 차가운 아이스크림을 삼키는 아이의 표정은 더할 나위 없이 행복했다.

숙소로 돌아와 식사를 준비했다. 한 끼씩 분리하여 담아온 쌀을 화장실 세면기에서 씻었다. 작은 전기밥솥에 씻은 쌀을 담아 침대 앞 테이블에 올려놓고 전원을 넣었다. 손바닥만큼도 열리지 않는 창문을 최대한 열어젖히고 수건을 말아 복도로 통하는 문 아래 틈을 틀어막은 후, 비로소 냄새나는 김치와 무말랭이와 깻잎을 밀폐 통에서 꺼내 침대 위에 펼쳐 놓았다. 아내가 전기 프라이팬에 스팸을 구웠다. 종일 쌀밥을 먹지 못한 우리에게 어떤 진수성찬보다 맛있는 식사였다. 반찬 냄새가 나지 않도록 깨끗이 먹고, 그릇에 묻은 양념은 휴지로 잘 닦아 변기에 내려보냈다. 빈그릇을 화장실 세면기에 담아 씻었다.

아이들을 씻기고 연재의 몸에 붕대를 감아주었다. 잠들 수 있도록 조심해서 몸을 긁어주다가 아이가 조용해지면 나는 방을 나왔다. 인적 없는 호텔 로비에서 일기를 쓰며 하루를 정리했다. 무사히 보낸 하루에 감사하면서 내일 일어날 일에 대한 기대로 설레었다.

볼 것 많은 여행자들

유럽은 여름 낮이 무척 길다. 위도가 높은 이유도 있지만 썸머 타임 때문에 저녁 10시가 가까워져도 노

을이 남아서 밖이 환하다. 그럼에도 상점은 어김없이 6시면 문을 닫고 사람들은 당연히 그 시간에 퇴근해서 긴 여름밤을 즐긴다. 볼 것 많은 여행자들은 하루를 더 길게 사용할 수 있어서 좋다. 썸머 타임 제도는 한때 우리나라에서도 추진되었다가 근로자들이 오히려 반대하는 바람에 실패했다. 군대식 상하관계 직장에서 여전히 햇살이 강렬한 썸머 타임, 6시에 일하는 자리에서 일어나 집으로 돌아가는 일은 애초에 불가능했다. 심지어 모 기업에서는 7시에 출근해 4시에 퇴근하는 제도를 운영하면서 근로자들의 고통이 이루 말할 수 없었다는 후문이었다.

아름다운 로만틱가도를 달렸다. 모젤지방 라인강을 따라 이어지는 길은 포도밭과 고성들이 잘 어우러져 로맨틱한 경치를 만들었다. 로렐라이 언덕을 올랐다. 강가의 평범한 절벽에서 그곳에 얽힌 전설을 상기할만한 것은 찾지 못했지만 경치 하나만은 환상적이었다. 뤼더스하임 마을에서 곤돌라를 타면 마을 뒷산의 포도밭 상공을 따라 이동하면서 아름다운 라인강 풍경을 조망할 수 있다. 정상에 오르면 강과 포도밭과 시골 마을이 어울리는 거대한 풍경화가 눈앞에 펼쳐진다.

하이델베르크로 가는 아우토반에서 아내가 갑자기 복통을 일으켰다. 휴게소까지 시속 170㎞가 넘는 속도로 달렸다. 아내는 얼굴이 노랗게 되어서 화장실에 뛰어들어갔다. 차로 돌아온 아내는 하마터면 큰일 날 뻔했다며 겸연쩍은 표정으로 웃었다.

화려한 벨기에 도시와 비교하여 독일의 도시는 소박하고 단순했다. 하이델베르크성이 보이는 구시가지 광장에 앉아 식사하면서 오가는 사람들을 관찰했다. 도시의 분위기가 그곳 사람들의 특징을 보여주는 것 같아 흥미로웠다. 허물어진 고성과 구시가지의 골목길을 산책했다.

지난 밤과 같은 실수를 하지 않기 위해 호텔 입구에서 비밀작전을 준비했다. 우선 연재에게 후드티를 입히고 모자를 눌러쓰게 해서 나와 먼저 방으로 들어갔다. 방에 도착하면 아이의 후드티를 벗겨 나 혼자 나왔다. 다음에는 윤재에게 같은 티셔츠를 입히고 모자를 눌러쓰게 하고 아내와 세 명이 같이 태연한 표정으로 호텔 직원 앞을 통과하면 되었다. 우리가 서양인들을 구분하기가 쉽지 않듯이 독일인들 역시 비슷하게 생긴 동양인 남매를 구별하지 못할 것이라 여겼다. 아이 둘을 모두 방에 데려다 놓은 후 나는 나머지 짐들을 방으로 옮겼다. 호텔은 우리 네 식구가 머물기에 충분히 아늑하고 깨끗했으며 가난한 여행자들에게 적절한 가격이었다.

무엇이 존재할지 모를 때 가장 두려운 법이다

발레리나 강수진 때문에 국내에 알려진 슈투트가르트와 헨젤과 그레텔의 전설이 숨어있는 검은 숲을 들러서 스위스로 갈 계획이었다. 검은 숲으로 가는 경로를 확인하면서 프라이브르크를 발견했다. 얼마 전 국내 다큐멘터리 방송에서 환경친화적인 도시의 성공사례로 소개된 도시다. 인공적으로 조성한 개울에 흐르는 맑은 물은 도시의 공기를 정화하고 시민들의 정서적 안정에 도움을 준다. 편리하게 자전거를 이용할 수 있도록 정비된 도로와 무공해 전차는 도시에서 발생하는 공해를 최소로 만든다. 알프스의 고봉들이 보이는 아름다운 숲 속 길을 달려 스위스와 국경

에 접한 도시에 도착했다. 잘 모르는 유럽 도시의 관광은 성
당 앞에서 시작하는 게 좋다. 예상대로 구 도심의 중앙에 중
세풍 성당이 있었다. 때마침 광장에서 시장이 열렸다. 이국
적인 시장 모습과 낯선 먹을 것들이 관심을 끌었다. 사람들
의 활기가 우리 기분도 들뜨게 했다. 바게트를 반으로 갈라
커다란 소시지를 넣고 식초에 절인 양파로 양념한 핫도그를
먹었다. 아내는 사과와 포도와 오렌지를 샀다. 장시간 차로
이동하면서 지루한 아이들에게 신선한 과일만큼 좋은 간식

은 없었다. 독일은 음식과 과일 가격이 무척 저렴했다. 먹음
직스러운 사과 한 봉지를 단돈 1.5유로, 우리 돈으로 2,000
원이면 살 수 있었고 15유로면 우리 네 식구가 괜찮은 식당
에서 점심을 배부르게 먹을 수 있다. 게다가 양도 엄청 많다.
가난한 여행자들에게 더없이 행복한 곳이다.

　아름드리 침엽수가 넓은 숲을 이루고 있는 검은 숲은, 이
름 그대로 빽빽한 나무 그림자가 하늘을 가려 낮에도 어두
컴컴하다. 축축한 습기를 머금은 안개가 자욱하게 가라앉은
숲 속 도로를 홀로 달리면서 으스스한 기분이 들었다. 검은
호수가 있는 티티세 마을에 도착했다. 티티세 호수에서는 노
젓는 보트를 탈 수 있었다. 호수 안쪽으로 노를 저어갈수록
점점 새까맣게 보이는 수면 아래에서 무엇이라도 불쑥 수면

위로 튀어나올 것 같았다. 인간은 무엇이 존재하는지 알지 못하는 장소에서 더 공포를 느끼는 법이다. 겁을 먹은 아내가 육지에서 멀리 떨어지지 말라고 고함을 질렀다. 아이들 역시 엄마 옆에 바짝 붙더니 빨리 나가자고 성화를 부렸다. 10분도 호수 위에 있지 못하고 뭍으로 돌아와야 했다. 숲 속의 유기물질이 호수 바닥에 가라앉아 부패한 퇴적물이 수면 아래 쌓여서 검게 보인다는 과학적 사실을 알고 있음에도 호수는 동화에서처럼 마녀와 괴물이 튀어나올 것 같은 독특한 공포를 불러일으켰다.

검은 숲을 배경으로 하는 헨젤과 그레텔 이야기 등, 그림 형제의 동화들은 전해지는 것처럼 아이들을 위한 아름다운 동화가 아니었다. 중세 독일의 평민들이 겪어야 했던 처참한 상황들을 잔인하고 괴기스러운 이야기로 표현한 무서운 이야기였다. 이런 음습한 곳을 배경으로 하였다면 결코 아름다운 이야기만은 아니었을 것이 분명했다.

괴테는 베른을 유럽에서 가장 행복한 도시라고 칭송했다. 베른의 에탑호텔은 다른 도시에서 보았던 2, 3층의 낮은 건물이 아니었다. 20층이 넘어 보이는 고층건물에 에탑호텔,

아이비스, 노보텔까지 세 가지 등급의 호텔이 모여 있었다. 하지만 베른에서 개최되는 엑스포 때문에 호텔에 남아있는 빈방이 없었다. 노보텔의 스위트룸 몇 개가 남아있다는데 우리 예산으로는 어림없는 일이었다. 당황한 내게 호텔 직원은 시내의 관광안내소에 가면 빈방이 있는 호텔을 알려줄지도 모른다고 했다. 하지만 이렇게 큰 행사라면 다른 곳도 마찬가지일 것이 분명했다. 해가 저물기 전에 시내를 벗어나는 것이 옳은 판단이었다.

다음 목적지였던 빌, 비엔느로 가면서 숙소를 찾아보기로 했다. 시골길 가에는 짐머 간판을 내건 현지인의 전통가옥들이 눈에 많이 띄었다. 그중에 가장 크고 깨끗해 보이는 곳에 차를 세우고 가격을 물었다. 우리 식구가 하룻밤을 묵는데 90유로, 가격도 부담스럽고 빈방도 남아있지 않았다. 두어 군데 더 문의하였지만 상황은 마찬가지였다. 베른 시내 호텔방이 모두 동이 났으니 근교의 짐머에 빈방이 있을 가능성은 희박했다. 결국 우리는 빌, 비엔느까지 달렸다. 해가 저물어가는데 관광안내소는 보이지 않았다. 몇 군데 발견한 호텔에는 빈방이 없었다. 점점 어둠이 짙어지는 거리에 인적이 드물었다. 차를 길 옆에 세우고 고민을 하고 있는데 어떤 차가 우리 차 앞에 주차하더니 젊은 아가씨가 내렸다. 나는 다짜고짜 그녀를 붙잡았다. 우리 가족이 밤늦도록 숙소를 찾지 못하고 있는데 혹시 시내에 묵을 만한 곳을 알고 있는지 알려달라고 부탁했다. 그런데 이 아가씨는 내가 묻는 말에는 대답하지 않고 대뜸 어디에서 왔냐고 묻는다. 한국에서 왔다고 대답했더니 "안녕하세요" 하고 한국말로 인사를 했다. 남자친구가 대전에서 영어 강사로 근무한 적이 있다고 했다. 지도를 자세히 살피더니 어디론가 전화를 했다. 빈방이 있다고 했는지 찾아가 보라며 주소를 직접 네비게이션에 입력해주었다. 다시 도시를 한 바퀴 돌아 찾아간 호텔은 위층에 주인이 살고 아래층에 손님을 위한 방 하나가 유일한 작은 민박집이었다. 초인종을 누르자 체격이 큰 아주머니가 서툰 영어로 우리를 안내했다. 방이 있긴 하지만 침대가 두 개밖에 없고 엑스트라 배드가 없어서 4명이 지내기는 불편할 것 같다며 다른 호텔을 알아보고 결정하라고 했다. 나는 일단 방을 한번 보여 달라고 했다. 생각보다 방이 작지는 않았지만 불을 켜도 어두컴컴한 실내에서 곰팡이 냄새가 진동했다. 작은 침대 위에 유치한 꽃무늬의 낡은 이불이 정돈되어 있었다. 색이 시커멓게 바랬고 군데군데 뜯긴 벽지 위에 용도를 알 수 없는 전선들이 밖으로 드러나 있었다. 바닥에 깔린 낡은 카펫이 방을 더 불결하게 만들었다. 숙박비 160유로는 에탑호텔에서 3일 밤을 보내고도 남을 돈이었다. 아무래도 한 가족이 묵기에는 무리겠죠? 하는 눈빛으로 바라보는 주인에게 나는 이 방을 쓰겠다고 말했다. 시간이 11시를 넘어가고 있었다. 다시 시내로 나가 호텔을 찾다가 이곳이라도 놓치면 우리는 차에서 밤을 보낼 수밖에 없을 것이었다. 차에서 짐을 옮겨오고 아이들에게 밥을 지어 먹였다. 냄새를 막기 위해 문고리를 잠그는데 손잡이가 툭 떨어졌다. 손잡이 위의 작은 고리를 걸어 문을 임시로 고정했다. 조명을 모두 켰지만 반찬 통의 내용물이 잘 보이지 않을 정도로 실내가 어두웠다. 식사를 마친 아이들과 아내는 금방 곯아떨어졌다. 오늘 사용한 금액을 정리하고 남은 돈을 세어보았다. 350유로와 동전 몇 개가 전부였다. 돈이 생기면 조금 넓고 깨끗한 호텔에 묵어야겠다. 욕조에 보습제를 풀어 연재를 씻기고 싶었다. 옷을 벗기면 아이의 몸에서 마른 각질이 허옇게 떨어졌다.

정해진 여정과 예산에 맞으면서 안전하고 편안한 숙소를 찾는 것이 여행에서 가장 어려운 문제였다. 하루하루 해가 지면 지친 몸을 이끌고 들어가 편히 몸을 뉘일 수 있는 방이 있다는 사실이 얼마나 큰 행복인지 미처 알지 못했다. 여행을 마치고 한국에 돌아가면 나는 어디에 내 짐을 풀어야 할까? 마음에 무겁게 쌓여있는 이 많은 짐을 도대체 어떻게 할까? 아무리 생각해도 내 짐을 맡길 마땅한 공간도 사람도 없었다. 달빛 그림자가 방안까지 길게 늘어졌다.

나는 무엇으로부터
도망치려는 것일까?

—
5월 20일 ~ 5월 24일
—

그림엽서 속으로

언제나 형이상학적인 이야기만 하는 철학자답게 루소가 이 도시에서 느꼈던 감탄은 우리 같은 일반인이 볼 수 없는 무언가 대단히 심오하고 이상적인 것이었는지도 모르겠다. 우리는 빌, 비엔느에서 철학적 깨달음을 얻어낼 만한 그 어떤 것도 마주치지 못했다. 철학자의 눈으로 세상을 볼 수 없는 내 안목을 원망해야 할까?

매트리스 한쪽이 찌그러져 있어서 낮은 쪽으로 미끄러지려는 몸을 지탱하기 위해 목에 힘을 주면서 자고 일어났더니 근육에 담이 걸려 턱이 왼쪽으로 돌아가지 않았다. 숙박비에 포함된 아침 식사는 빵 몇 조각과 묽은 과일주스가 전부였다. 호밀식빵은 너무 딱딱해서 이빨에 힘을 주어 물어뜯어야 먹을 수 있었다. 운전하는 동안 왼쪽 사이드미러를 볼 때마다 깜짝깜짝 놀랄 만큼 목에 통증이 느껴졌다.

다시 베른으로 돌아갔다. 구시가지로 들어가는 성문의 시계탑과 작은 분수가 잘 어울렸다. 중세의 모습이 잘 보존된 도시의 옛길 위로 자동차들이 다녔다. 마차가 쉽게 다닐 수 있도록 주먹만 한 돌을 박아 만든 도로는 아스팔트 보다 덜 컹거림이 심했지만 시민들은 조상들이 남겨준 길에 불만이 없는 것 같다. 오랜 세월 동안 사람과 차량에 마모된 돌이 반질반질하게 윤이 났다. 길 한쪽에서 낡은 돌들을 빼내고 새 돌을 끼워서 길을 고치는 공사가 한창이었다. 선조에게 물려받은 유산을 귀하게 여기고 보존하려는 정성이 잘 느껴졌다. 돌길 한쪽으로 달리는 노면 트랩이 도시에 정취를 더했다. 알프스의 만년설에서 녹아난 짙푸른 강물이 성벽 아래 좁은 협곡을 따라 하얀 포말을 일으키며 거칠게 흘렀다.

찰리 채플린과 프레디 머큐리의 흔적이 있는 몽트뢰에 가고 싶었지만 어제처럼 자정까지 빈방을 찾아 헤매다가 비싸고 불결한 곳에서 밤을 보내는 일을 피하고 싶었다. 융프라우 아래에 있는 라우터브르넨 캠핑장을 오늘 숙소로 정했다. 베른에서 라우터브르넨까지는 불과 40분 거리였다. 시간이 많이 남았다. 가장 빠른 길만을 알려주는 네비게이션을 끄고 지도를 펼쳐 호수를 따라 천천히 돌아가는 길을 찾았다. 도시를 벗어나 가파른 고개를 넘어 호수 갓길을 따라 달렸다. 햇살에 반사되는 쪽빛 호수가 한 폭의 풍경화처럼 펼쳐진 광경은 아무렇게나 카메라 셔터를 눌러도 모두 아름다운 그림엽서가 되었다. 그림 같은 풍경 앞에서 복잡하고 노련한 사진기술 따위는 필요 없었다. 호숫가 마을 작은 빵집에서 만화 주인공같이 생긴 배불뚝이 아저씨가 빵을 구웠다. 영어는 숫자를 헤아리는 것조차 불가능한 아저씨 대신 딸로 보이는 아가씨의 도움을 받아 오븐에서 막 나오는 빵을 샀다. 호숫가 간이 휴게소에 차를 세웠다. 나무그늘 아래 벤치에 앉아 온기가 남아있는 빵을 맛있게 먹었다. 배가 불러오면서 몸이 나른해졌다. 나무 그루터기에 등을 기댔다. 눈부신 풍경 속에 가족과 함께 있다는 사실을 자각하는 그 순간, 갑작스런 행복감이 밀어닥치면서 울컥해졌다. 그 행복은 내가 늘 꿈꾸던 모습과는 많이 달랐다. 내가 생각했던 행복은 부와 명예를 쟁취하여 화려한 모습을 뽐내며 사는 것이었다. 내가 잘못 정의한 행복을 쫓으며 오히려 불행해진 지난 시간들이 후회스럽기 시작했다. 햇살은 따듯했고 맑은 호수는 아이들을 유혹했다. 아이들과 나는 옷을 입은 채로 호수에 뛰어들었다. 푸른 산과 쪽빛 호수를 배경으로 환하게 웃고 있는 아이들은 그 풍경화 속의 유일한 주인공이 되었다.

따가운 햇살이 내리쬐며 눈이 부시는 시야에 하얀 설산이 나타났다. 산으로 다가갈수록 점점 좁아지는 길 끝의 라우터브르넨 마을에 도착했다. 캠핑장은 빙하에 깎여 만들어진 수직 절벽 사이의 좁은 평지에 자리 잡고 있었다. 협곡 위에서 여러 개의 폭포수가 우리를 덮칠 듯이 쏟아졌다. 까마득히 높은 절벽 위에서 흩어지는 물보라가 몽환적인 분위기를 연출했다.

가족이 머물 수 있는 방갈로는 하룻밤에 에탑호텔 방 3개 값이 필요하고 최소 이틀을 머물러야 하는 조건이었다. 하지만 방갈로의 아늑한 시설과 테라스에서 보이는 융프라우 모습은 주머니 사정을 걱정해야 하는 내 상황을 망각시키기에 충분했다.

모처럼 편안한 숙소에서 우리만의 파티를 준비했다. 재료가 많이 필요해서 감히 만들지 못했던 김치찌개를 끓이기 위해 김치와 햄을 아낌없이 넣었다. 쌀 두 봉지를 한꺼번에 뜯어 밥을 지었다. 마을의 식료품 가게에서 야채와 과일도 넉넉하게 샀다. 방갈로 앞 테라스에 준비한 음식을 차렸다. 한국을 떠난 후 처음으로 얼큰한 찌개와 쌀밥을 배불리 먹었

다. 산속의 이른 석양이 비치는 만년설에 붉은 해 그림자가
비켜 지나가고 있었다.

아이들이 풀밭에서 장난을 치고 아내가 식사 뒷정리를 하
는 사이 나는 차에 있는 짐을 모두 밖으로 꺼냈다. 아이들이
먹다가 떨어트려 바닥에서 썩어가는 음식 찌꺼기와 축축하

게 젖어서 쉰내가 나는 매트를 꺼내 말렸다. 빨래가 끝나기를 기다리면서 아내와 테라스에 앉아 여유롭게 차를 마셨다. 햇빛의 열기가 일찍 사라진 산속은 추웠다. 방이 두 개인 방갈로에서 처음으로 아이들과 떨어져 잘 수 있었다. 빌, 비엔느에서 하루, 이곳에서 이틀을 숙박하기 위해 에탑호텔이라면 약 열흘을 머물 수 있는 돈을 지출했다. 내일 융프라우로 올라가는 기차요금과 이틀간 기본 생활비를 지출하면 남은 돈은 거의 없을 것이다. 한국의 동생에게 전화했다, 사정을 설명하고 뮌헨에서 만날 계획인 사촌 동생의 계좌번호로 돈을 보내달라고 부탁했다.

얼마 남아있지도 않은 반찬들이 상해가고 있었다. 김치가 쉬어서 생긴 가스 때문에 포장한 비닐이 빵빵하게 부풀어 올랐다. 그대로 두면 시한폭탄처럼 갑자기 폭발할 수도 있었다. 하나씩 랩으로 다시 한 번 촘촘하게 말아서 밀폐용기에 담아 밀봉했다. 반쯤 남은 깻잎과 무말랭이는 한꺼번에 모아서 깨끗한 용기에 다시 담았다. 쌀은 열 끼 정도 밥을 지을 수 있을 만큼만 남았다.

연재가 오늘은 몸을 긁지 않고 잘 잔다. 흩어진 이불을 당겨 아이를 덮어주고 이마를 쓸어주었다. 융프라우 봉우리가 달빛을 받아 한밤중에도 하얗게 빛났다. 폭포의 물보라 소리가 협곡 사이에서 쉼 없이 메아리쳤다.

| Top of the Europe

　　　　융프라우는 산 아래보다 해 길이가 짧고 열
차를 타고 하산하는 시간이 2시간 이상 소요되기 때문에 정
오가 조금 넘으면 마지막 열차가 출발한다. 아침 일찍 등반
열차를 타지 않으면 하루 만에 융프라우 정상까지 갔다가
돌아오기 어렵다.

　나는 걱정때문이었는지 일어날 시간을 맞추어 놓은 알람
이 울리기도 전에 잠이 깨버렸다. 아침 추위를 막기 위해 담
요로 몸을 감싸고 앉아 창밖의 만년설 봉우리를 멍하니 바
라보았다. 어린 아가씨라는 뜻의 융프라우는 지질학적으로
도 젊은 산이다. 비바람에 풍화되지 않아 지형이 여전히 날

카롭다. 돌이켜보면 나의 30대 역시 저 뾰족한 산봉우리처럼 날카로웠는지도 모른다. 절대로 세파에 무디어지지 않을 것 같았고 어떤 불의와도 타협하지 않을 듯싶었다. 내가 극복해야 할 어떤 하늘도 날카로운 봉우리로 뚫어버릴 것이라고 자신했다. 하지만 지금 내게 남은 것은 실패의 고통뿐이다. 무엇을 얻기 위해 가족들을 이끌고 이곳까지 왔는가? 무작정 도망치고 나면 어디선가 돌파구를 찾을 수 있을 것이라 막연히 기대했다. 도망치지 않으면 내 삶이 그쯤에서 끝날지도 모른다는 두려움 때문에 견딜 수 없었다. 이 힘겨운 여행이 끝나면 내 인생 여정의 한 마디에 마침표를 찍고 반전을 구상해야 한다. 뜨거운 열정을 가슴속에서 다시 되살려야 한다.

아이들을 늦게 깨우는 바람에 밥을 지을 시간이 없었다. 열차역 앞에서 빵 4개를 샀는데 우리 돈으로 무려 2만 원을 지불했다. 스위스 물가에 기가 질렸다. 융프라우까지 올라가는 산악열차에서 보는 경관은 아름답고 평화로웠다. 캠핑장에서 보이는 협곡 위의 마을까지 사람들이 어떻게 갈까 궁금했는데 산악열차가 마을 하나하나를 지나면서 천천히 산을 올랐다. 자연과 잘 어울리는 소박한 집을 짓고 대자연에 묻혀 사는 그들이 부러웠다. 더군다나 스위스는 국민소득이 세

계에서 가장 높은 나라 중의 하나 아닌가!

　해발 3,000m 위에 있는 종착역까지 2시간 이상이 소요되었다. 창밖에 시선을 고정한 채 아름다운 자연경관에 정신을 빼앗긴 사이, 마지막 기착지에서 출발한 기차는 바위산을 뚫어 만든 터널 끝의 융프라우역에 도착했다. 기차에서 내려 플랫폼에 발을 내딛는 순간, 눈앞이 아득하고 바닥이 물결처럼 요동치더니 몸이 균형을 잃고 비틀거렸다. 갑자기 두통이 생겨서 머리를 움켜쥐었다. 나보다 더 심하게 고통스러워하는 아이들과 아내를 부축해 근처 의자에 앉혔다. 연재의 상태가 가장 심각했다. 입술이 파랗게 변하면서 눈동자가 뒤집히고 의식마저 혼미해지기 시작했다. 외투를 벗어 식당 바닥에 깔고 아이를 바르게 뉘었다. 물을 먹이고 몸을 마사지했지만 아이의 상태는 점점 나빠졌다. 주변 사람들도 하나같이 비슷한 증상으로 여기저기 바닥에 쓰러져서 신음하고 있었다. 바로 산에서 내려가야 하나 싶었지만 아이의 상태를 조금 더 지켜보기로 했다. 처음 겪어보는 고산증세였다. 몸을 가누기 힘들었고 두통이 심했다. 한동안 휴식 후에도 연재는 여전히 누워서 눈을 뜨지 못한 채 가끔 힘없는 목소리로 아빠를 찾았다. 한국에서 융프라우 등반 열차표를 구입하면 전망대 카페에서 제공하는 컵라면 교환권을 준다. 컵라면을 먹을 수 있다는 소식에 연재가 눈을 번쩍 떴다. 피부 때문에 아이는 라면을 먹을 기회가 거의 없다. 엄마 눈을 피해 몰래 라면을 먹다가 혼이 난 적도 있었다. 눈치 안 보고 마음껏 먹을 수 있는 컵라면은 고산병도 단번에 날려버리는 특효약이 되었다. 라면을 먹은 아이는 한결 기운이 났다. 두 번은 오기 불가능한 멋진 경치를 보지 않고 내려간다면 정말 후회할 것 같았다. 바깥 전망대로 나가기 위해 아이를 업었지만 몇 발짝도 옮기지 못하고 멈추어야 했다. 몸의 균형을 제대로 잡을 수 없어서 아이를 안고 넘어질 것 같았다. 다시 카페로 돌아와 연재와 아내를 두고 상태가 좀 나아 걸을 수 있는 윤재와 전망대로 통하는 얼음동굴로 갔다. 전망대에서는 수십 킬로 길이의 빙하를 한눈에 내려다볼 수 있었다. 새하얀 눈에 반사되는 햇빛 때문에 눈을 뜰 수가 없었다. 기온이 낮고 바람까지 강하게 불어서 반팔 티셔츠에 얇은 바람막이 차림의 우리는 오래 견디기 힘들었다. 아득히 높은 그곳에 검은 새들이 날개를 활짝 펴고 빙하 위로 비행하는 모습이 보였다. 눈과 얼음 외에 아무것도 없는 이곳에서 저것들은 어떻게 힘든 삶을 살아갈까?

식당 바닥에 엄마 다리를 베고 누운 연재는 여전히 의식이 몽롱했다. 차가운 바깥 공기에 한바탕 몸을 떨고 난 윤재마저 바닥에 털썩 주저앉더니 엄마 어깨에 기대어 꼬꾸라졌다. 아이들을 한 명씩 아내와 나누어 엎고 하산하는 기차에 올랐다. 기차 밖 풍경이 하얀 눈밭에서 푸른 풀밭으로 변하고 고도가 낮아지면서 아이들이 의식을 되찾았다. 아름다운 호수와 멋진 하이킹 코스로 유명한 그란델발트에서 내렸다. 아름다운 알프스를 걸어보고 싶었지만 가족의 몸 상태로는 호수까지 왕복 2시간이 필요한 하이킹은 무리였다. 곤돌라를 타고 편하게 다녀오는 방법은 한 사람당 50유로가 필요했다. 그러나 이곳에서 200유로를 써버린다면 남은 돈으로 뮌헨까지 가기 힘들 것이 빤했다. 융프라우 등반 열차는 인터라켄을 기점으로 융푸라우까지 긴 타원형 노선이 한쪽으로 운행된다. 내가 어디에서 열차를 탔던 내리지 않고 있으면 출발한 역으로 되돌아오는 시스템이다. 그란델발트를 출발한 열차는 인터라켄을 경유하여 다음 역인 라우터브르넨으로 되돌아왔다. 오후 시간이 많이 남았다. 어제 청바지 차림으로 무작정 뛰어들었던 호수에서 오늘은 수영복을 입고 제대로 물놀이를 해보기로 했다. 산에서 내려온 지 한참이 지났는데도 두통은 여전했다. 아이들이 물에서 노는 동안 나는 두통약을 먹고 잔디밭에 누워 낮잠을 청했다. 차가운 호수에서 얼마 견디지 못하고 물 밖으로 나온 아이들이 활기를 되찾았다. 산 아랫마을의 짧은 해가 금세 긴 그림자를 드리웠다. 돌아오는 길에 발견한 세차장에서 먼지와 흙탕물이 묻어 더러워진 차를 씻었다. 저녁 식사를 준비하는 동안 아이들은 옆 방갈로에 묵고 있는 사내아이와 금방 친해졌다. 리버풀에서 부모님이랑 왔다는 연재랑 나이가 비슷해 보이는 아이는 놀아줄 또래 친구를 찾은 기쁨을 감추지 못했다. 아이의 아빠가 자신들의 방갈로에서 같이 놀게 해도 되겠냐는 손짓을 보냈다. 나는 당연히 찬성이었다. 보드게임과 간식거리를 들고 나간 아이들은 9시가 넘어서야 돌아왔다. 덕분에 아내와 나는 한가롭고 조용한 저녁 시간을 보낼 수 있었다.

한국으로 돌아가 생활하면서 만약 또다시 힘겹고 어려운 삶의 파도에 휩싸인다면, 그래서 어디론가 훌쩍 떠나고 싶은 욕망이 일어날 때면, 아마 첫 번째 떠오르는 곳이 이곳이 될 것이다. 아무 생각 없이 그저 눈 앞에 펼쳐진 풍광을 바라보는 것만으로 마음의 안식을 느낄 수 있다. 아무것도 원하지도 않고 어떤 책임도 묻지 않는 맑은 자연 속에서 나는 정말 커다란 위안을 얻었다.

내일은 무리를 해서라도 뮌헨까지 가야 한다. 6시간쯤 장
거리 운전을 해야겠지만 에탑호텔이 없는 루체른이나 파두
츠에서 싼 숙소를 구하지 못하면 남은 돈으로는 숙박비를 지
불하기 어려울 것이다. 여행경비는 숙소를 어디로 정하느냐
에 따라 크게 달라진다. 하루 숙박료가 50유로 이하면서 안
전하고 깨끗한 숙소를 찾는 일은 쉽지 않았다. 완벽하게 짜
인 일정이 없으니 미리 싼 숙소를 골라 예약할 수도 없다. 그
렇다고 무조건 경비만 생각하여 가족들을 위험에 노출시키
거나 너무 더러운 숙소에 머물게 할 수도 없다. 뮌헨에는 작

년에 결혼한 아내의 사촌 동생이 독일로 유학 와서 건축대학원을 다니고 있다. 여행을 계획하면서 우리가 뮌헨을 방문하겠다고 했더니 런던에 도착하는 그날부터 이삼일에 한 번씩 '어디쯤 왔느냐' '언제쯤 뮌헨에 도착하겠느냐'며 계속 연락을 했다.

| 잠 못 이루는 밤

　　날마다 바뀌는 잠자리에 누워 오늘 또 하루를 무사히 보냈다고 안도하면서 밀려오는 피곤함에 온몸이 녹초가 되지만 잠은 쉽게 이루지 못한다. 얕은 수면 속에서 의식과 무의식을 반복하며 밤을 지새운다. 무의식 속에서 누군가에 쫓기며 비명을 지르다가 연재가 몸을 긁는 소리에 다시 의식이 또렷해진다. 손톱으로 긁어서 상처가 나지 않도록 붕대를 다시 감아주고 침대로 돌아와 누우면 윤재가 발길질한다. 피곤한 아내의 코골이 소리가 밤새도록 귓전에 또렷이 들린다. 아침에는 누구보다 먼저 일어나 짐을 정리해 출발준비를 하고 오늘은 어디로 갈지 하루 일정을 고민한다. 아내가 아침밥을 마련하면 먹고 난 그릇을 씻어 운반하기 쉽도록 정리하는 일은 내 몫이다. 묵직한 머리와 졸린 눈으로 운전석에 앉아 길을 잘못 찾을까 신경을 곤두세워 운전해야 한다.

인간들이 만들어내는 소음이 사라진 고요한 밤에는 폭포수 부서지는 소리가 협곡 사이에서 공명하며 웅웅거리는 소리를 냈다. 빗방울이 천장에 푸득푸득 부딪히는 소리와 어울려 묘한 하모니를 이루었다. 비가 그친 새벽에 일어나 마주하게 되는 자연은 형언하기 어려운 감탄을 자아냈다. 경비만 넉넉하다면 며칠 더 편하게 묵으며 정말 아무것도 하지 않은 채 온종일 이 멋진 자연 앞에서 해바라기를 하고 싶었다. 하지만 돈을 찾을 수 있는 뮌헨으로 출발하지 않으면 안 되었다. 아름다운 자연도 좋지만 낯선 곳에서 낭패를 당할 수는 없었다. 뮌헨 가는 길에 루체른의 카펠교를 보고 가자고 아내가 조심스럽게 제안했다. 아내는 내가 힘든 운전을 더 오래 하는 것은 아닌지 걱정했지만 오늘 밤은 정해진 숙소가 있었다. 동생의 집에서는 방이 없다고 쫓겨나거나 숙박비가 비싸서 고민할 일도 없었다.

고색창연한 나무다리의 아름다운 모습을 볼 것이라는 기대와 달리 몇 년 전 화재 이후 새로 복원된 카펠교는 마치 놀이공원에 있는 복제품 같았다. 나무들이 새것이었고 채색이 지나치게 선명했다. 강과 호수의 물이 합쳐지는 거친 물

살 때문에 강 양쪽을 오가기 힘들었던 옛사람들은 이곳에 지붕이 있는 다리를 세웠다. 콘크리트가 없고 강철이 귀한 시절에 나무로 만든 다리를 후손들은 700년 동안이나 고쳐서 사용하고 있다.

　점심 식사를 하기 위해 호수가 보이는 식당에 앉았지만 메뉴판에 적힌 가격을 한화로 계산하던 아내가 깜짝 놀라 자리에서 일어났다. 도망치듯 식당을 빠져 나오는 우리를 직원이 황당한 표정으로 불러 세웠지만 한 끼 식사로 100유로 이상이나 되는 돈을 지출할 수는 없었다. 카펠교를 다시 건너와 빵을 샀다. 다리 전체가 잘 보이는 호숫가 돌 벤치에 앉아 점심을 먹었다. 어쩌면 스위스는 가난한 여행자들이 오래 머물지 못하도록 일부러 물가를 높게 한지도 모르겠다. 비싼 물가 때문에 바삐 지나간 여행자들이 늘 그리워하면서 언젠가 다시 돌아오게 할 그런 정책인지도 모른다. 식당 음식 값은 물론이요, 열차요금, 고속도로 통행료까지 단연 유럽 최고 가격이었다. 나도 훗날 돈에 여유가 생기는 날, 아내와 아이들과 다시 이곳 아름다운 알프스로 돌아오기를 희망해본다.

산허리의 굴곡을 따라 구불구불 돌아가는 스위스의 도로
는 관광객을 위한 것만은 아니었다. 차선을 꽉 채우는 커다
란 화물차가 아슬아슬하게 길모퉁이를 돌아가고 현지인들의
농기계가 느린 속도로 도로를 한동안 차지했다. 좁고 굴곡
많은 길이 위험해 보였지만 이들은 결코 자신들의 편리함을
위해 자연을 훼손하지 않았다. 고속도로라고 해봐야 대부분
은 2차선을 넘지 않았고 산악지역 도로에 필요한 교량이나
터널은 마치 자연의 일부처럼 아주 작게 만들었다. 거대한
인공구조물을 만들어 자연을 훼손하거나 풍경에서 도드라지
지 않도록 세심한 주의를 기울였다. 스위스 사람들은 자신들

의 최대 자산인 아름다운 자연을 지키기 위해 기꺼이 불편을 참고 위험을 감수하고 있다.

저녁 10시가 다 되어서 뮌헨의 사촌 동생 집에 도착했다. 주방과 분리되지 않은 작은 방에 침대 하나가 살림의 전부인 유학생 부부 방에서 우리는 낮은 책장을 방 한가운데로 끌어다 두 가족을 위한 공간으로 나누었다. 이불 바스락거리는 소리조차 조심스러웠지만 불안한 마음으로 숙소를 찾아 헤맬 필요도, 인원을 속이기 위해 비밀작전을 꾸미지 않아도 되는 편안한 밤이었다.

대통령의 죽음

그분의 죽음은 내게 갑작스러운 것이 아니었다. 국민을 학살하고 독재자가 된 자에게 면죄부를 주기 위해서 열린 국회청문회에서 당당히 이의 있다고 항의하며 주먹을 불끈 쥐었던 모습을 기억하면서 그분은 결국 굽히지 않고 부러지고 말 것이라 예감했다. 생각을 선언 하는 것과 실제 행동으로 옮기는지 관찰하는 것은 정치인이 정치를 행하는 목적이 그의 권력 확보에 있는 것인지 국민을 위한 봉사를 위함인지 판단하는 중요한 근거이다. 그는 우리나라 지도자 중에서 유일하게 자신을 '저'라고 낮추는 인물이었으며 자신이 약속한 것을 시행하지 못하였거나 불의의 사고가 발생하였을 때 남의 일 인양 유감스럽다고 말하지 않고 국민을 향해 진심으로 사과하며 고개 숙여 미안하다고 말하는 지도자였다. 진솔하고 친숙한 행보 때문에 현직에 있을 때보다 퇴임 후에 국민지지도가 더 상승한 유일한 대통령이기도 했다. 여야가 바뀌는 후임 대통령 선거 후에 정치적 보복이라고 볼 수밖에 없는 검찰 조사를 받기 위해 당당히 버스를 타고 이동하는 모습에서 그분의 끝은 이와 비슷하겠구나하는 징조를 보았다.

돈을 송금 받기 위해 오고 가는 문자메시지 말미에 한국의 동생이 그분의 투신자살 소식을 알려주었다. 더 자세한 내용을 알고 싶었지만 인터넷은 불통이었고 이곳 방송에서는 아시아의 작은 나라 전직 대통령의 자살소식은 짧은 자막 뉴스거리조차 되지 못했다. 정교하게 움직이는 시청의 천문시계와 수천 명을 수용한다는 호프브로이를 방문하고 학세를 먹으면서 뮌헨 시내를 돌아다녔지만 종일 꿈을 꾸는 듯 멍했다. 한국에서 돈을 보낸 계좌에서 사촌 동생이 2,700유로 조금 넘는 돈을 찾아 주었다. 운영하는 사업에 어려움을 겪고 있는 동생은 자기 직원들 월급도 미뤄 주는 상황이

라는 사실을 잘 알고 있다. 아마도 내게 보낼 돈을 마련하느
라 누군가에게 쉽지 않은 부탁을 했을 것이 분명했다.

신념은 늘 이익 앞에 굴복하였다

　　　　　　　노이슈반슈타인으로 가는 길은 예상보다 멀
었다. 뮌헨에서 2시간 정도 아우토반을 달려 성 아래 주차장
에 도착했다. 그곳에서 성문 앞까지는 전용버스를 타고 이동
해야 한다. 한 번에 입장하는 인원을 제한했기 때문에 입장
티켓 위에 적힌 번호가 대기실 전광판에 뜰 때까지 1시간 이
상 기다렸다. 덥고 습한 날씨는 기다리는 시간을 더 지루하
게 했다. 20명씩 번호가 뜨면 안내인을 따라 좁고 어두운 성
내부로 입장할 수 있다. 루트비히 왕의 비극적인 이야기와 벽
면 가득한 그림들이 음습한 분위기를 만들었다. 밖에서 보
는 아름다운 동화적 모습과는 대조적이었다. 이 성을 모티

브로 삼아 백설 공주 이야기를 그린 애니메이션 작가는 아마
도 아름다운 성의 외부만 보고 내부는 관람하지 않았을 것
이라 추측했다.

뮌헨으로 되돌아가는 고속도로가 시작되는 곳에 퓌센 마
을이 있었다. 한껏 기대하며 방문했던 백조의 성과는 달리
아무런 기대 없이 잠시 들러 저녁을 해결하려 했던 작은 마
을의 아기자기한 분위기에 눈과 마음이 편안해졌다. 카페의
노천 테이블에 앉아 음식을 주문했다. 오랜만에 저렴하고 푸
짐한 음식을 마음껏 먹을 수 있었다.

뮌헨으로 돌아오는 길에 에탑호텔을 발견했다. 에탑호텔에

서는 와이파이를 무료로 개방한다. 대통령의 죽음에 대해 조금 더 상세하게 알고 싶어 주차장에 차를 세우고 노트북으로 인터넷을 연결했다. 그분의 최후는 내가 상상했던 것보다 더 처참했다. 자신의 신념을 지키기 위해 생을 스스로 끝내는 그분처럼 살기 원했지만 돌이켜보면 용기 없고 허약한 내 신념은 눈앞의 이익에 늘 굴복하였다.

보편적인 아름다움을 정의하고 그것만을 추구하는 예술이 자신만의 개성을 표현하는 작품보다 가치 없다고 평가하듯이 내가 인생에서 추구하는 행복은 결코 내가 아닌 다른 사람들이 정의하는 보편적인 모습을 추구해서는 안 되는 것이었다. 다른 사람들에게 보여지기 위해 그들이 정의해 놓은 성공의 모습으로 나를 끼워 넣으려는 어리석은 시도보다, 내가 진정 원하는 것이 무엇인지 결정하고 실행하며 느끼는 소소한 만족감들이 나를 진정으로 행복하게 한다는 사실을 알아야 했다. 오로지 경제적 부를 얻기 위해 시작한 일은 그것의 성공과 실패라는 결론이 지어지기 전에 먼저 내가 그 일을 하고 있다는 사실만으로 충분히 나를 불행하게 만든다는 것을 지난 오 년 동안 뼈저리게 느꼈다. 막연한 미래의 풍요를 위해 가족과의 행복한 시간을 뒤로 미루거나, 이익을 위해 내 신념을 버리는 일을 감행하는 것은 복구하기 힘든 어리석은 짓이었다.

설렘은 언제나
두려움을 이긴다

5월 25일 ~ 6월 1일

열정의 대상이 틀렸다

　　　　　뮌헨 근교 레고랜드를 방문하였다가 로만틱
가도의 끝에 있는 중세도시 로텐브르크에서 하루를 묵을 계
획이었다. 그러나 화려함보다는 실용성을 강조한 단순한 형
태의 독일 마을 구경은 퓌센과 뤼더스하임이면 충분했다. 곧
장 프라하에 가기로 했다. 소련의 위성국가였다가 페레스트
로이카 이후 독립한 동유럽 국가로 여행하는 것은 민주화 이
후에도 여행자들에게 여전히 조심스러운 일이다. 유럽 내에
서도 동유럽 국가는 상대적으로 위험하다고 판단하여 자동
차 보험조차 보상이 되지 않았다. 프라하로 가는 길을 찾기
위해 네비게이션에 프라하 시청을 입력하였지만 시청은 물론

이요, 체코 전역이 네비게이션에 나타나지 않았다. 네비게이션이 길을 알려주지 않으면 온전히 종이지도에 의지할 수밖에 없다. 하지만 도로이용 방법이 우리나라와 다른 낯선 곳에서 오직 지도만 보고 길을 찾아가기란 말처럼 쉽지 않은 일이다. 고속도로는 그럭저럭 통과한다 하더라도 시내의 복잡한 골목을 찾아 목적지에 도착하는 일은 행운에 맡겨야 할지도 모른다. 그렇다고 여기까지 와서 프라하를 포기할 수도 없었다. 일단은 가장 가까운 독일과 체코의 국경도시까지 네비게이션의 안내를 받아 도착한 후 그곳부터는 지도와 내 감각에 의지해 보기로 했다. 국경을 넘으면서 반듯반듯하고 깨끗했던 독일의 풍경과 달라지기 시작했다. 첫 번째 도착한 휴게소에서 고속도로 통행권을 사려는데 유로화를 사용할 수 없었다. 필요한 돈을 체코화로 환전했다.

고속도로를 조금 더 달리자 풀젠을 가리키는 이정표가 보였다. 세계최초의 라거 맥주 '필스너 우르켈'로 유명한 이 도시는 체코 여행에서 빠지지 말아야 하는 곳이었다. 하지만 이곳에서 지체한다면 늦게 도착한 프라하에서 숙소 찾을 일이 걱정이었다. 그리고 술을 마시지 못하는 나는 맥주의 도시를 지나치는 것이 그리 서운하지도 않았다. 지도와 이정표에 의지해 프라하 초입까지 가는 일은 어렵지 않겠으나 도시에서 우리 가족이 밤을 보낼 숙소를 찾는 일이 걱정이었다. 가지고 있는 지도에는 길만 표시되어 있을 뿐 호텔 위치에 대한 정보는 없었다. 아이들과 동행하지 않는다면 이런 날씨에 하루 이틀 밤 정도는 차에서 자는 것도 가능하다는 생각이 들었다. 만약 젊은 학생들이 자동차 여행을 한다면 큰 차를 빌려 차에서 잠을 자고 삼사일에 한 번쯤 캠핑장에 가서 샤워하며 피로를 푸는 여정으로 계획해도 좋을 것 같다. 젊은 남자라면 고속도로 휴게소 주차장에서 하룻밤을 묵는 데 큰 문제는 없을 것이다.

무더운 날씨 속에 프라하는 잿빛의 낡은 석조건물들이 답답하게 시야를 막고 있었고 정돈되지 않은 도로가 오래된 자동차들로 혼잡했다. 호텔을 찾아 짐을 풀고 차를 주차하는 일이 우선이었다. 지도에서 가장 넓은 공간을 찾았다. 그곳이 구도시의 중심일 것이라는 추측은 몇 곳의 유럽 도시를 여행하면서 얻은 지혜였다. 골목길은 복잡했고 교통신호 체계를 이해하기 어려웠다. 한참을 돌아도 지도의 광장과 가까워지지 않았다. 차를 세우고 눈에 보이는 행인 중 되도록 젊은 사람에게 길을 물었다. 영어가 전혀 통하지 않는 그에게 지도를 들이밀고 지도 위의 광장 부분을 손가락으로 가리키면서 볼펜을 건네주었다. 지도를 이리저리 돌려보던 그가 알아듣지 못할 말을 하며 길을 표시해주었다. 광장 근처에 이비스호텔이 있었다. 숙박료가 무려 159유로였지만 내가 가진 지도로는 다른 저렴한 호텔을 찾는 일은 기대하기 힘들었다. 지하주차장에 차를 세우고 가족을 두 조로 나누어 방으로 잠입했다.

5월의 유럽은 저녁 8시가 되어도 여전히 햇살이 강렬하다. 광장 전체가 한눈에 보이는 카페에 앉아 완전히 어두워질 때까지 기다렸다. 카를교에 가로등이 켜지고 그 불빛에 반사된 다리가 도나우강에 비치는 아름다운 모습을 보고 싶었다. 서쪽 하늘의 어둠이 점점 짙어지면서 광장의 가장자리를 따라 도열한 노란 가로등에 불이 들어오기 시작했다. 중세건물들을 비추는 여린 조명이 광장 전체를 따뜻하게 감싸면서 밋밋하고 우중충했던 도시를 곱게 단장시켰다. 노랗게 빛을 받는 고풍스러운 건물 뒤로 검붉은 노을이 층층이 퍼지면서

신비로운 색채가 하늘을 뒤덮었다. 햇빛이 완전히 사라진 골목길에 색색의 조명들이 아름답게 비추었다.

마리오네트 공연장 앞에 팔다리를 축 늘어트리고 걸려있는 인형들의 모습이 이채로웠다. 시간이 지날수록 좁고 어두운 골목에 사람들이 점점 불어나더니 카를교로 올라가는 계단은 오르내리는 인파로 뒤엉켰다. 다리 반쪽을 막아 보수공사를 하고 있어서 혼잡이 더 심했다. 소원이 이루어진다는 성 요한 네포무크의 동상 앞은 방송 촬영 때문에 접근조차 할 수 없었지만 프라하성과 도나우강의 아름다운 야경은 그 장소에 함께 있는 누구와도 사랑에 빠지기 충분할 만큼 낭만적이었다. 아내와 아이들을 안아주면서 사랑한다 말해주고 싶었지만 사람들이 너무 많아서 가만히 한자리에 서 있기도 힘들었다.

어둠이 짙어질수록 프라하의 낭만이 점점 더 절정을 향해 나아가고 있었다. 낯선 골목 구석구석을 거닐다가 눈에 띄는 노천카페에 앉아 여유롭게 차 한 잔을 마시며 그곳에서 살아가는 다양한 사람들을 관찰하면서 그들의 삶을 추측해본다. 이런 소소한 여유로움에서 느끼는 행복감은 내가 지금껏 삶을 살아오며 나와 내 가족에게 꼭 필요하다 생각했던 많은 것들의 의미를 퇴색시키기에 충분했다. 내 삶에 진정으로 필요한 것이 무엇인지 알지 못했고 지금까지 잘못된 것에 열정을 바치며 살았던 것이다.

폭풍우 속에서 길을 잃다

트랩 전차의 나무 의자는 바퀴가 지면과 부딪히는 충격을 고스란히 승객들에게 전해주었다. 전선들이 어수선하게 어질러진 노면 선로를 따라 프라하 성에 도착했다. 외관이 소박하고 내부가 단순해서 그곳에서 바라보는 도나우강 너머 프라하 시내의 아름다운 전망이 없었다면 크게 실망할 뻔했다. 연금술사들이 거주했다는 이야기보다 카프카가 한때 살았다는 사실이 더 내 흥미를 끄는 황금 소로를 찾았다. 한때 카프카가 집필하였던 집은 장신구를 파는 가게로 변해있었다. 입구 벽의 작은 표지판에서 간신히 카프카라는 단어만 읽을 수 있었다. 낮고 좁은 이층 집에서 변신을 꿈꾸며 창작의 고통을 겪었던 작가의 모습은 상상하기 힘들었다. 어느 교회당 입구에 모차르트 탄생기념 연주회를 알리는 포스터가 나붙었다. 고성에서 듣는 클래식 연주의 느낌이 무척 궁금했지만 가난한 여행자들에게는 이룰 수 없는 사치였다.

한 도시에서 겨우 하룻밤을 보내면서 이름난 유적과 명물들만 찾아보고 다시 다른 도시로 떠나는 여정에서 아쉬움이 남는 것은 당연하다. 나는 왜 이렇게 서두르는가? 왜 짧은 기간 동안 전 유럽을 섭렵하겠다는 계획을 하였는가? 누가

강요한 것도 아니었고, 시간이 한정된 것도 아니었다. 쫓기듯 돌아다니면서 내가 찾아내려고 하는 것의 정체는 무엇인가?

어렵게 찾아온 프라하에서 겨우 하루를 보내고 다시 떠나야 했다. 한 도시에서 느긋하게 머물면서 다른 세상에서 살아가는 사람들의 삶을 엿보고 싶다. 하지만 머물면서 떠오르는 생각들이 두렵다. 일정에 쫓겨 다니면서 되도록 내게 일어난 일들을 잊고 싶다.

체코의 진정한 매력은 의외로 프라하를 벗어나면서부터 시작되었다. 도시 외곽으로 나오면서 우중충했던 회색 건물들은 사라지고 은빛 들판이 끝없이 펼쳐지기 시작했다. 이름 모르는 작물들이 누렇게 익어가는 보헤미안 평야를 따라 좁은 도로가 굴곡을 반복했다. 풍경을 바라보는 내 가슴이 따듯해지면서 마음이 평화로워졌다. 오스트리아를 향해 남쪽으로 달리면 국경 근처에 체스키 크룸노프가 있다. S자로 마을 한가운데를 휘감아 돌아가는 강을 따라 빨강 지붕 집들이 동화책 한 페이지로 걸어 들어온 것 같은 느낌을 주었다. 발길이 닿는 곳마다 탄성이 터져 나왔다. 천천히 마을과 풍경을 즐기면서 저녁을 먹고 오스트리아로 출발하기로 했다.

공중전화를 찾아 짤쯔브르크 에탑호텔에 예약을 하고 강변
의 레스토랑 테라스에 앉아 슈니첼을 주문했다. 돼지고기를
튀겨 만든 요리는 식감이 바삭하고 고소했다.

　국경까지 약 1시간 거리였고 거기서부터 짤쯔브르크까지
는 2시간이면 될 것이어서 어두워지기 전에 운전을 마칠 수
있을 것으로 판단했다. 지도에 표시하고 짤쯔브르크와 가장
가까운 국경으로 방향을 잡았다. 시골 도로에는 영어로 표

시된 이정표가 드물었다. 지도의 길과 내가 달리는 길이 같은 곳인지 매치하기가 쉽지 않았다. 8시가 넘어서야 겨우 국경에 도착할 수 있었다. 그때부터는 네비게이션을 켜고 제대로 길 안내를 받았지만 짤쯔브르크까지는 2시간을 더 달려야 했다. 호텔 체크인을 마감하는 밤 10시까지 도착하기는 빠듯했다. 고속도로에 갑자기 비가 쏟아지기 시작하더니 굵은 빗방울이 차창을 때리는 기세가 심상치 않았다. 천둥 번개와 돌풍이 거세지더니 달리는 차가 바람에 밀려 휘청거렸다. 바람에 부러진 굵은 나뭇가지가 날아와 자동차를 위협했다. 비바람이 헤드라이트 불빛을 가려 길을 분간하기 힘들었다. 더 이상의 운전은 너무 위험했다. 고속도로를 빠져나왔다. 지붕이 있어서 안전해 보이는 주유소에 차를 세웠다. 에탑호텔에 연락해서 10시까지 도착하지 못한다고 알려야 했다. 주유소 사무실로 들어서는데 입구에 서 있던 오토바이가 바람에 쓰러졌다.

호텔에 전화를 걸어 우리 상황을 이야기하고 결제는 내일 아침에 현금으로 할 테니 우선 방 번호와 출입문 패스워드를 달라고 부탁했다. 그러나 호텔의 체크인 시스템은 결제를 완

료되지 않으면 패스워드가 노출되지 않도록 되어 있었다. 직원이 퇴근하는 밤 10시 이후부터 호텔은 투숙객 각자가 미리 받은 패스워드로 출입하는 무인시스템으로 운영되었다. 웹사이트에서 신용카드로 결제할 수 있지만 나는 신용카드가 없다.

가게를 운영하면서 부족한 비용을 카드로 결제하거나 현금서비스를 이용해 급전을 해결하면서 결재일을 지키지 못하는 일이 반복되었다. 결국 올해 봄에 유효기간이 끝난 내 신용카드는 재발행이 거부되었다. 나는 공식적으로 신용불량자이기 때문에 모든 비용은 현금만 사용할 수 있다.

에탑 직원이 가까운 호텔을 소개해주었다. 전화를 걸어 예약을 하고 주소를 물었지만 직원의 독일어 발음을 도저히 알아들을 수 없었다. 에탑호텔에서 100여 미터 떨어져 있다는 내용만 겨우 알아들었다. 네비게이션에 입력된 에탑호텔에 도착하여 근처에서 찾아보기로 했다. 숙소를 찾았다는 안도감에 긴장이 풀리면서 몸에 한기가 느껴졌다. 주유소에서 판매하는 따뜻한 차 한 잔을 마시며 태풍이 잦아들기를 기다렸다.

자정 무렵, 짤쯔브르크 에탑호텔에 도착했다. 호텔 주변에는 이름을 알 수 없는 기차역과 불 꺼진 쇼핑몰의 거대한 모습이 흐릿하게 보일 뿐이었다. 에탑호텔에서 100미터도 떨어지지 않았다는 호텔은 보이지 않았다. 다시 전화를 해보고 싶었지만 공중전화조차 찾을 수 없었다. 깜깜한 도시 외곽지역을 몇 바퀴나 헤매다가 유일하게 불이 켜진 주유소를 발견했다. 혼자 주유소를 지키고 있는 직원에게 내가 찾고 있는 호텔 이름을 말하자 쇼핑몰 2층 주차장에 숨겨져 있는 호텔 출입구로 가는 방법을 친절하게 알려주었다. 잠든 아이들이 비에 젖지 않도록 옷으로 몸을 감싸 안고 방으로 옮겼다. 에탑호텔보다 훨씬 넓은 방이었지만 아이가 한 명이라고 속였기 때문에 침대는 커다란 킹사이즈 하나가 전부였다. 신발을 신고 다니는 호텔방은 불결했고 마땅히 깔만한 것도 없어서 바닥에 자는 것은 불가능했다. 궁리 끝에 매트리스 세로방향으로 네 명이 나란히 누웠다. 생각보다 편안했다.

힘겹고 두려운 하루였다. 하마터면 폭풍우 속에서 길을 잃고 큰 사고를 당할 수 있었지만 오늘도 무사히 가족들을 안전한 숙소에 재울 수 있게 되었다. 길을 잃은 내 인생도 오늘 여정처럼 무사히 위기를 극복할 수 있겠지!

엄마가 미안하다

10시가 다 되어서야 겨우 눈을 뜰 수 있었다. 아무리 동동거려도 하루 만에 짤쯔브르크 시내와 그 근교까지 모두 돌아본 후 베니스로 떠나려던 당초 계획은 무리였다. 조금 여유를 가지면서 여행을 재정비하기로 했다. 지갑을 뒤져 남은 경비를 계산했다. 한국에서 출발하면서 준비한 2,500유로와 뮌헨에서 인출한 2,700유로 중 이제 수중에 남은 돈은 1,900유로가 전부다. 남은 여행 일정은 18일, 100유로로 하루를 버티기는 불가능하다. 이 먼 나라에서 돈이 떨어지면 우리는 꼼짝없이 부랑자가 될 것이다. 지금까지 사용한 경비로 추측해보면 적어도 2,000유로는 더 필요할 것 같지만 월말에 약속한 돈이 들어오기를 기다리는 것 외에 다른 대안이 없다. 하지만 이번 달 말까지 보증금을 돌려주겠다는 건물주의 말은 아무런 강제적 구속력이 없다. 쌀도 겨우 삼사일 분이 남았다.

내가 욕실에서 설거지를 하는 사이 연재가 엄마에게 꾸지람을 심하게 듣고 있었다. 스스로 옷을 챙겨 입지 못하고 이것저것 찾아달라는 아이의 요구에 짜증이 난 아내의 화가 폭발한 것이었다. 나는 급히 그릇 정리를 마무리하고 아내를 진정시켰다. 잔뜩 겁에 질린 연재가 엄마의 눈치를 살폈고 내 옆으로 다가온 윤재가 내 허벅지를 껴안으며 엄마의 눈을 피했다.

광우병 사태가 벌어지고 가게의 월매출이 오분의 일로 줄어든 때였다. 단 한 팀의 손님도 방문하지 않는 저녁이 이어지면서 가게의 몰락이 점점 더 또렷해지고 있던 어느 날이다. 그 날은 어찌 된 영문인지 모처럼 손님이 붐볐다. 손님의 차를 주차하고 따라 들어오는데 한쪽 테이블에서 고함이 들렸다. '사장 오라고 해'가 소리치는 손님의 첫 번째 요구였다. 잔뜩 화가 난 그를 진정시키기 위해 다가갔더니 밥에서 나왔다며 작은 콩알만 한 돌을 내게 들이밀었다. 죄송하다며 고개를 조아리는 내게 남자는 돌 나온 밥그릇을 집어 던지면서 욕을 했다. 돈을 받지 않을 테니 용서하라 했지만 그는 진정하지 않았다. 한참 떠들썩한 소란을 피우던 그가 출입문을 발로 차고 나간 후, 나는 미칠 것 같은 수치심 때문에 몸을 제대로 가눌 수조차 없었다. 집으로 일찍 돌아와 몸살감기로 앓아누웠던 며칠이 지난 뒤 나는 가게에 다시 나가지 못했다. 점장에게 가게 일을 맡기고 방안에 틀어박혀 시간을 보냈다. 집 밖에 나가서 사람들과 마주치는 일이 두려워졌다. 매일 밤 내일 해가 뜨지 않기를 간절히 바라며 뜬눈으로 밤을 지새우다 아침이면 환하게 날이 밝는 창밖을 멍하니 바라보아야 했다. 용기를 내보려 했지만 그럴수록 공포는 점점 심해졌다. 그날 이후 가게를 완전히 정리할 때까지 꼬박 6개월간 집에서 한 발짝도 나가지 못했다. 불평하는 손님과 월급 밀린 직원들, 물품대금을 독촉하는 거래처 사람들을 마주할 용기가 생기지 않았다. 가게에 설치된 CCTV로 가끔 운영상황을 관찰하는 것이 전부였다. 사장도 없는 가게가 정상적으로 운영될 리는 만무했고 매출이 회복될 가능성도 없었다.

내가 방에 틀어박혀 지내는 동안, 아내는 나를 자극하지 않기 위해 늘 눈치를 살폈다. 혼자 지내는 방에 들어와 나를 억지로 깨우려 하지 않았고 '남자가 왜 그래, 그것밖에 안 돼'라는 비난도 하지 않았다. 내가 혼자 자는 방 밖에서 조용히 귀를 기울여 내가 일어난 기척이 있으면 조용히 밥상을 차렸다. 말없이 옆에 앉아 반찬을 숟가락에 올려주거나 생선 가시를 발라주었다. 식사를 마치고 나면 차를 한 잔 만들어서 들어 주었다. 그리고 시끄럽게 장난치는 아이들이 나를 방해하지 않고 조용히 혼자 지낼 수 있도록 아이들을 데리고 밖으로 나갔다. 멍하니 책상에 앉아있는 나를 조용히 뒤에서 안아주었다. 힘내라거나 빨리 나아 같은 말 역시 하지 않았다. 아내는 그렇게 내가 스스로 이겨내기를 기다려 주었다. 반년 가까이 정해진 생활비를 주지 못했지만 한 번도 내게 생활비가 떨어졌다고 불평하거나 돈을 더 내놓으라고 화를 내지도 않았다. 모아둔 돈이 떨어지고 난 후 결혼 패물을 팔아오는 것 같았지만 나는 모른 체할 수밖에 없었다.

가장이 제 역할을 못 하고 방안에 폐인처럼 틀어박혀 있는 모습을 보면서 아내의 신경이 날카로워지는 것은 당연한 일이었다. 무능력한 남편을 비난하고 숨 막히는 생활에서 도망치고 싶었을 것이다. 가슴에 쌓인 스트레스는 종종 고집 센 아이에게 표출되었다. 아내가 아이에게 화를 낼 때마다 내게 죄책감이 밀어닥쳤다. 미안한 마음으로 아내를 진정시키면 금방 정신이 돌아온 아내는 겁에 질린 아이를 껴안으며 '엄마가 미안하다'며 눈물을 흘렸다.

좁은 산길에 자동차가 지나가면 짙게 깔려있던 안개가 공기 흐름을 따라 소용돌이치면서 흩어졌다. 집 창문마다 내놓은 화분 꽃잎에 이슬이 맺혀 물방울이 영글었다. 뮌헨의 거리 예술가에게 구입한 마림바 연주 시디를 오디오에 넣고 플레이했다. 안개 자욱한 산골 마을 풍경과 경쾌한 마림바 음악에 흥이 난 우리는 산길을 다 벗어날 때까지 신나는 드라이브를 즐겼다.

하얀 구름이 걸려있는 산봉우리 사이 호숫가에 자리 잡고 있는 할슈타트에 들어선 순간 우리는 그 그림 같은 풍경에 할 말을 잃었다. 코발트빛 수면에 비치는 고딕식 목조 성당과 전통가옥의 아름다운 모습이 사진보다 예뻤다.

지질시대, 바다 수면 아래에 잠겨있던 알프스는 지각활동으로 대륙판이 충돌하면서 오늘날과 같은 높은 산맥으로 변

했다. 바다의 일부분이 내륙에 갇힌 후 물이 증발하면 넓은
지역에 암염이 형성된다. 소금의 성이라는 뜻의 짤쯔브르크
는 그렇게 형성된 암염을 채굴하던 광산마을이 오늘날 도시
의 유래가 되었다. 할슈타트에는 채굴이 중단된 소금광산이
관광지로 개발되어 있다. 산 정상 소금광산까지 광부들을 올
려보내기 위해 가파른 벼랑을 따라 설치한 강철 레일 케이블
카가 지금은 세계각지에서 온 관광객들을 광산으로 실어 나
른다. 빠르게 고도를 높이면서 산과 호수와 어우러진 마을
풍경이 한눈에 내려다보인다. 광산 입구로 올라가는 아슬아
슬한 케이블카와 갱도 아래쪽으로 미끄러지는 소금 미끄럼

틀 그리고 장난감 같은 갱도 열차가 자칫 밋밋할 수 있는 소
금광산 투어를 즐겁게 해주었다.

　행복했다. 즐거운 이벤트를 마치고 광산 밖으로 나와 그림
같은 풍경 속의 오솔길을 가족과 함께 걷는 그 순간이 미치
도록 행복했다. 가슴에서 끓어오르는 이 행복감이 내가 이
곳까지 와서 막연하게 찾고자 했던 것이었다.

두려움은 이어지고

아름다운 알프스 산맥과 화려한 건축물의 이상적인 조합으로 세계에서 가장 아름다운 도시 가운데 하나로 손꼽히는 짤쯔부르크는 모차르트를 낳은 세계적인 음악도시라는 유명세와는 달리 아담하고 소박했다. 거리 악사들이 연주하는 모차르트의 음악을 공짜로 감상하며 도시의 광장과 골목길을 걸었다. 글을 읽지 못하는 중세시대 사람들이 무엇을 파는 가게인지 쉽게 알도록 저마다 자신들이 판매하는 물품의 상징을 조각해 간판 대신 걸어 놓은 상점들의 모습이 이채로웠다. 크리스마스 장식용품을 판매하는 상점들이 5월임에도 불구하고 성업 중이었다. 화려하고 세련된

장식용품들을 구경하는 것만으로도 우리는 마음이 들떴다. 샛노란 건물이 인상적인 모차르트 생가는 입장료가 너무 비싸서 내부로 들어가지 못했다. 날씨가 추워져서 얇은 스웨터 차림의 몸이 부들부들 떨릴 지경이었다. 아이들이 몸을 덥힐 수 있도록 따뜻한 생선 요리로 식사하고 숙소로 돌아왔다.

　욕조에 물을 받아 입욕제를 풀어 연재를 목욕시켰다. 피부를 매끄럽게 만들어서 아토피 치료에 도움을 준다는 입욕제와 알프스 빙하 녹은 물이 오묘한 조화를 이루어 내일 아침이면 언제 그랬냐는 듯이 아이의 병이 사라지기를 기대했다. 아이를 욕조에 들여보내고 나는 일기를 정리하기 위해 호텔 로비에 혼자 내려왔다. 밤이 늦어서 더 이상 투숙하는 손님도 없었다. 체크인하는 직원도 자리를 비우고 없었다. 소파에 앉아 며칠 동안 보지 못했던 전화기의 문자메시지들을 확인했다. 런던의 민기가 여행을 잘 진행하고 있는지 안부를 물으며 먼 타국에서 다시 친구를 만나 즐거웠던 마음을 긴

문장으로 적어 보냈다. 고마웠다는 말로 짧게 답장을 보냈다. 다음 메시지는 아파트 월세를 독촉하는 내용이었다. 지난 25일에도 월세를 주지 못했으니 이제 총 5개월 치가 밀리게 되었다. 집주인의 글에서 분노와 경멸의 의도가 분명하게 느껴졌다. 나는 아무런 답장을 보내지 못했다. 미안하다는 말은 오히려 그의 분노를 자극할 것이 분명했다. 뮌헨의 조카가 보내는 안부 문자에 이어 직원들과의 면담 일자를 알리는 노동부 담당관의 문자가 와 있었다. 가게를 폐업할 때까지 남아있던 직원들은 퇴직금을 지급하라며 나를 노동부에 고발하였다. 퇴직금은 이미 월급에 나누어 지급했다고 항변했지만 법적 효력이 없었다. 장기근속을 하지 않는 식당 종업원의 특성상 일 년 근무를 채워 퇴직금을 받아가는 경우는 드물었다. 때문에 나는 종업원들의 실질 임금을 조금이라도 높이면서 장기근속을 유도하기 위해 법적 효력이 없는 것을 알면서도 퇴직금을 나누어 매달 월급에 추가하여 지급하였다. 폐업할 때까지 대부분 일 년 이상 근속을 하고 있었던 직원들은 이런 허점을 이용했다. 노동법을 이용해 퇴직금을 한 번 더 받아 갈 속셈이었다. 사실관계를 조사하기 위해 노동부로 나오라는 통보였다. 지정한 날짜는 한 달쯤 후였다.

하루하루 내 목을 죄어오는 일상으로부터 탈출을 감행하였으나 낯선 여행지에서조차 두려움은 끊임없이 이어진다. 돌아가야 할 일상은 여전히 내 숨구멍을 틀어막고 있다.

세상에서 가장 로맨틱한 도시

베네치아로 가
는 길은 거리에 비해 시간이 많
이 걸렸다. 밀려드는 졸음 때
문에 자주 쉬어야 했고 수시로
배가 고프다는 아이들을 달랠
맛있는 간식거리를 찾기 위해
마을의 편의점과 고속도로 휴
게소 곳곳에 정차해야 했다.
이탈리아와 오스트리아의 국경을 이루는 알프스 산맥의 나
무 한 그루 없는 삭막한 풍경은 오싹한 위압감을 주었다. 고

속도로를 운행하는
트럭 운전수들이 휴
게소에 들어오면 에
스프레소 한 잔을
주문해 설탕을 듬뿍
뿌린 후 선 채로 한
입에 털어 넣고 다시
가던 길을 갔다. 그
들을 따라 나도 에
스프레소를 주문하

여 마셔보았다. 혀에 닿는 진한 쓴맛에 얼굴이 저절로 구겨
졌다.

　알프스를 관통하는 터널과 협곡을 달려 이탈리아로 넘어
오면 베네치아까지 너른 평원이 펼쳐졌다. 이토록 비옥하고
넓은 평원을 버려두고 굳이 그 척박한 개펄에 도시를 건설한
이유는 모두 알 수 없지만 높지 않은 언덕마다 남아있는 파
괴된 성채의 흔적으로 보아 외부인의 침략이 잔혹했던 것만
은 분명해 보였다.

베네치아만을 가로지르는 반도는 30㎞ 이상 되는 기다란 해변을 따라 수백 개의 캠핑장이 양쪽으로 늘어서 있었다. 그중에 유럽 최고 캠핑장 상을 여러 번 받았다는 캠핑장을 찾아갔지만 일주일 이하는 방갈로를 빌려주지 않는다 했다. 난감해진 나는 이틀만 묵을 수 있는 근처 캠핑장을 소개해 달라고 부탁했다. 어디론가 전화를 하던 캠핑장 직원이 근처에 있는 다른 캠핑장 이름과 가는 방법을 알려주었다.

이곳 사람들의 삶이 부러웠다. 코발트 빛 호수와 푸른 하늘과 설산에 둘러싸인 아름다운 도시에서 일하다가 6시가 되면 일과를 마치고 일주일 이상의 휴가를 얻어 캠핑을 즐기면서 여유롭게 살고 있는 이곳 사람들의 삶과, 긴 노동시간에 겨우 2박 3일 주어지는 휴가조차 막히는 길을 뚫고 도착한 소란스러운 휴가지에서 바가지요금에 시달리다가 초죽음이 되어 돌아오는 우리나라 직장인들의 모습이 극명하게 비교되었다.

개개인이 풍요롭고 행복하게 삶을 즐길 수 있도록 제도적 장치와 경제적 여건을 제공하는 것이 국가의 존재 이유여야 한다. 국민이 소수 위정자의 국가 통치 수단으로 취급되어서는 안 된다. 자신들의 기득권을 지키기 위해 사람들을 무한 경쟁에 몰아넣는 일은 없어야 한다.

해안가 너른 숲 속 캠핑장은 시설이 깨끗해 보였다. 체크인을 도와주는 아가씨의 푸른 눈동자가 무엇보다 내 마음을 잡아끌었다. 숙박서류를 작성하며 고객의 정보를 묻기 위해 얼굴을 들 때마다 그녀의 눈을 조금이라도 오래 들여다보기 위해 애썼다. 하얀 피부의 작은 얼굴에 크고 깊은 눈동자가 아드리아해를 닮은 코발트 빛이었다. 아내와 처음으로 사랑에 빠진 그 날, 검고 긴 머리를 손가락으로 빗어 넘기던 그 순간, 아내의 머리 뒤에서 빛나는 후광을 보았던 그 순간 이후 누군가의 이미지에 그토록 깊이 빠져버린 일은 처음이었다.

방갈로는 외벽의 페인트가 벗겨지고 출입문 손잡이가 찌그러져 있었다. 발을 옮길 때마다 삐걱거리는 낡은 바닥에서 먼지가 일어났다. 햇빛을 들이기 위해 블라인드를 올리는데 죽은 개미가 싱크대로 후드득 떨어졌다. 사무실로 되돌아가서 깨끗한 방으로 옮겨달라고 부탁했다. 새로 바꿔준 방도 원했던 것만큼 깨끗하지는 않았지만 바닥이 청소되어 있었고 블라인드에서 죽은 개미가 떨어지지는 않았다.

우리가 묵는 캠핑장은 베네치아 섬을 마주 보고 있는 반도에 있어서 베네치아로 들어가려면 배를 타야 했다. 숙소에서 차로 조금만 이동하면 산마르코광장 선착장으로 가는 배를 탈 수 있다. 차로 해안을 돌아서 베네치아에 가려면 100㎞ 이상을 달려 다시 도시 중심까지 수상버스를 타야 하지만 이곳에서 바다를 건너가면 40분 만에 산마르코 선착장에 내릴 수 있다. 페리 하루 이용권 금액인 92유로는 예산에 없었던 큰돈이었지만 베네치아의 모든 해상 이동수단을 추가 요금 없이 이용할 수 있는 장점이 있었다.

멀리 보이는 산마르코 광장의 종탑을 향해 수상버스가 잔잔한 수면 위를 빠르게 항해했다. 도시의 건축물들이 점점 더 가까워지면서 짜릿한 전율이 피부를 훑고 지나갔다. 의식 깊은 곳으로부터 이 물의 도시가 상징하는 로맨틱한 황홀감이 밀어닥쳤다. 뱃머리에 서서 깊은 키스를 나누는 연인들처럼 나도 그 순간을 기념하고 싶었지만 추위를 싫어하는 아내는 차가운 바닷바람을 피해 선실로 들어가 버렸다.

가장자리를 따라 바닷물이 찰랑거리는 광장과 운하 사이를 잇는 다리들이 이 도시가 물 위에 떠 있다는 사실을 실감하게 한다. 도시 안쪽 골목길을 거닐면 개펄 위의 도시라는 생각은 사라지고 중세시대로 떠나는 시간 여행자가 된다.

숙소로 돌아오는 마지막 페리에서 붉은 노을이 비치는 도시의 실루엣이 희미해지는 모습을 지켜보았다. 세상에 이토록 로맨틱한 도시가 또 있을까?

| 희망

　　　　이곳에서 느껴지는 로맨틱한 감정을 아내와
마음껏 속삭이며 아침을 맞이했다. 방갈로 바로 앞에서 들
리는 파도 소리에 이끌려 혼자 해변으로 걸어갔다. 낮게 깔
린 구름 아래 아드리아해에서 불어오는 푸른 공기를 가슴 깊
이 들이켰다. 내가 살아가는 힘, 내 인생의 난관을 극복하는
용기, 미래를 꿈꾸는 새로운 희망이 베네치아 해변을 홀로
산책하는 그 순간 벅찬 감정으로 밀어닥쳤다. 하얗게 부서지
는 파도를 바라보며 눈물이 줄줄 흘렀다.

　　산마르코 선착장을 통과하고 부라노섬에 도착했다. 작은

운하를 따라 형형색색 파스텔톤으로 색칠한 예쁜 집들로 유명한 섬은 30분이면 다 둘러볼 수 있는 작은 마을이다. 아무렇게나 카메라 앵글을 들이대도 색감과 구도가 저절로 맞아떨어지는 아름다운 예술사진이 찍히는 곳이었다.

베네치아만 섬들을 운항하는 바포레토의 부라노섬 다음 기착지는 유리세공으로 유명한 무라노섬이다. 배에서 내리는 관광객들을 자신들의 공방으로 불러 모으려는 상인들 때문

에 선착장이 시끌벅적했다. 우리는 그중 제일 인심 좋아 보이는 인상의 아저씨 뒤를 따랐다. 쇠파이프 끝의 유리 덩어리를 입으로 불고 쇠 집게로 늘여 크리스털 말 한 마리를 만드는 장인의 솜씨에 탄성이 터졌다. 골목 어귀와 집 앞마다 크리스털 조각들을 설치하여 관광객들의 시선을 끌었다.

산마르코광장으로 되돌아왔다. 두칼레 궁전, 대성당, 리알토 다리, 이토록 아름답고 신비로운 곳을 직접 발로 딛고 눈으로 보며 사진을 남길 수 있다니! 마치 꿈결 속에 있는 듯 도시를 걷고 있는 내 모습이 비현실적으로 느껴졌다. 호기심에 두 눈이 반짝이는 아내와 아이들을 한동안 뚫어지게 바라보았다. 저녁 그림자가 길어지는 광장 계단에 앉아 악사들의 연주를 들었다. 카페 플로랄에서 바이올린 연주가 끝나면 광장 건너편 다른 카페에서 피아노 연주가 이어졌다. 피아니스트의 연주가 끝나면 카페 플로랄의 손님들은 상대 카페의 연주자에게 열렬히 박수를 보내준다. 다시 카페 플로랄의 악사들 순서가 된다. 광장을 마주 보고 있는 두 카페의 연주가 서로 응원하면서 경쟁하듯 밤이 깊어질 때까지 이어진다. 서로 배려 없이 저마다 연주를 고집했다면 분명 소리가 뒤섞여 광장은 정신없는 소음으로 가득할 것이다. 카페마다 레파토리와 연주시간을 달리하여 어떤 화려한 공연장보다 더 우아한 광경을 연출했다. 카페에서 비싼 음식을 주문하지 않아도 광장 계단에 앉아 누구나 그 로맨틱한 공연을 마음껏 즐길 수 있다.

　광장의 정취에 취해 있느라 숙소로 돌아가는 마지막 수상버스 시간이 가까워지는 것도 잊어버렸다. 선착장까지 전속력으로 뛰었다. 부두를 막 떠나는 수상버스에 가까스로 뛰어올랐다. 낮게 깔린 석양이 도시의 실루엣을 더 로맨틱하게 만들었다. 붉게 물들어 출렁거리는 파도 위에서 멀어져 가는 도시를 바라보며 아내의 어깨를 살짝 감싸 안았다.

빗속의 로망스

베네치아의 아침 바다에 먹구름이 짙게 내려앉았다. 바람이 불고 기온도 떨어졌다. 따사로운 지중해 날씨를 만끽했던 어제와는 사뭇 달랐다. 아이들과 함께 해변을 산책하고 싶었다. 윤재를 먼저 깨우고 연재를 살폈다. 아이의 얼굴이 붉어져 있고 눈과 목덜미가 부풀어 올랐다. 아이의 가려움이 발작하면 마땅한 약도 없고 치료법도 없다. 그저 진정되기만을 기다리며 아이를 달래는 수밖에 없다. 아이가 잠을 더잘 수 있도록 출발 시간을 늦추었다.

　도시 전체가 한 번에 내려다보이는 멋진 전망을 가진 피렌체 캠핑장에는 방갈로가 없었다. 비닐 천막 안에 철제 2층 침대 2대가 덩그러니 놓여있는 노숙과 별반 다르지 않은 시설뿐이었다. 헛웃음이 나왔다. 더 괜찮은 숙소를 찾고 싶었지만 우피치 미술관 입장 마감 시간이 가까워졌다. 피렌체를 떠나는 내일 월요일은 미술관이 문을 닫기 때문에 오늘이 우피치를 관람할 수 있는 유일한 날이다. 잠금장치가 없는 텐트에 짐을 내리지도 못하고 미술관으로 달렸다. 숨을 헐떡이며

도착한 미술관은 고작해야 한 시간 정도밖에 관람 시간이 남지 않았지만 나는 과감히 40유로를 지불했다.

누가 어떻게 무슨 관점으로 보느냐에 따라 수많은 해석을 낳을 수 있는 것이 예술작품들이다. 명작의 반열에 오른 작품 앞에서는 감히 내 관점과 내 취향 내 가치관 따위는 아무런 힘을 발휘하지 못한다. 그저 멍하니 작품 앞에서 못 박힌 듯 서 있는 그 순간, 내 머릿속은 다양한 인식의 각성들로 혼란스러워진다. 감히 아름답다, 멋지다, 완벽하다 따위의 감탄사조차 터져 나오지 않는다. 뭉클하게 밀려드는 감정들이 자꾸만 내 발길을 잡아 붙드는 사이 시간은 금방 흘렀다. 몇 작품 보지도 못했는데 관람 시간이 끝나간다는 안내가 들렸다. 사정없이 미술관 밖으로 사람들을 내모는 직원들이 야속했다.

종일 아빠를 쫓아 이리저리 뛰어다녔던 아이들이 미술관을 나오면서 급격히 피곤해했다. 지친 아이들은 아무 곳에나 풀썩풀썩 주저앉았다. 아이들을 쉬게 해야 한다는 냉정과 여행이란 원래 힘든 것이고 그것을 이겨내는 자만이 여행의 진정한 의미를 체험할 수 있다는 열정 사이에서 고민하였다.

열정은 결국 냉정을 이겼다. 아이들을 일으켜 두오모로 향했다. 꽃의 산타 마리아 대성당(Santa Maria del Fiore)이라는 이름이 딱 들어맞을 만큼 아름다운 성당이었다. 이토록 웅장하고 화려한 건물을 건설할 만큼 대단한 당시 사람들의 종교에 대한 헌신과 아름다움에 대한 집념은 과연 무엇에서 기인한 것일까? 나는 두오모를 보며 고개를 내 저었다. 길게 늘어선 인파 때문에 내부로 입장하기는 불가능했지만 그 경이로운 건축물은 인간의 세계와 신의 세계를 잇는 통로가 분명했다.

숙소로 돌아오기 위해 베키오 다리를 건넜다. 700년 전 건설된 2층 구조의 다리에 빼곡히 들어차 있는 보석 상점들이 다른 곳에서는 보기 힘든 몽환적인 분위기를 연출했다. 비가 계속 내리고 있었고 석양이 아르노강 위에 검붉은 빛을 드리우며 밤을 준비하고 있었다. 챙 넓은 모자를 눌러쓴 거리의 악사가 빗속에서 연주하는 로망스의 선율이 구슬펐다. 나는 멍하니 서서 지는 노을을 닮은 기타 소리에 한동안 매료되었다.

굿모닝 피렌체

빗소리가 밤새 후드득후드득 얇은 천막 지붕을 두드렸다. 자동차 소음, 오토바이의 굉음 그리고 추위까지 내 숙면을 방해하는 요소들로 가득 찼던 밤이었다. 새벽 일찍 깨어나 밖으로 나왔다. 안이나 밖이나 온도 차가 거의 없었다. 젖은 솜처럼 몸이 무거웠다. 그나마 내게 위안을 준 것은 그곳에서 내려다 본 피렌체의 모습이었다. 나와 달리 도시는 밤사이 편안한 숙면을 취한 듯 맑은 모습이었다. 찌뿌듯하게 기지개를 켜면서 바라보는 피렌체의 아침은 눈부시게 청명했다. 비록 잠자리는 힘들었지만 이곳이 아니었다면 이토록 맑은 피렌체의 모습은 볼 수 없었을 것이다. 새벽안개가 서서히 걷히는 구시가지가 한 눈에 내려다보이는 숙소에서 폐부 깊숙이 맑은 공기를 들이쉬며 마시는 한 잔의 커피는 불면의 밤을 보상하기에 충분했다.

로마로 가기 위해 내륙도로로 들어서면서 주변의 풍경이 완전히 바뀌었다. 낮은 언덕이 오르락내리락 반복되는 평원에 포도밭이 끝없이 펼쳐지는 전형적인 토스카나의 모습이었다. 제법 높은 언덕 위에 오래된 성곽이 보였다. 산지미나

뇨라는 이정표를 확인하고 차를 세웠다. 비가 계속 내렸고 아내와 윤재는 간밤의 불편한 잠을 보충하는 깊은 낮잠에 빠져 있었다. 작은 우산 아래로 들이치는 빗물에 옷이 젖지 않도록 연재를 끌어안고 들어간 마을은 또 다른 세상이었다. 토스카나 평원이 사방으로 내려다보이는 언덕 위 성체 마을에 현대적인 존재는 오직 사람들뿐이었다. 중세에서 시간이 멈추어 버린 마을을 어쩜 이렇게나 고스란히 보존할 수 있었을까? 돌 사이에 흙을 이겨 지은 건물 벽체와 자갈로 거칠게 포장된 골목길이 빗물에 젖어서 과거로 한 걸음 더 들어간 듯 보였다. 큰 도자기 항아리를 파는 기념품 가게들과 백색 타일이 아름다운 성당과 포도밭이 내려다보이는 성벽 위 골목길을 따라 한동안 시간여행을 다녀왔다. 성문을 나오면서 연재가 우산을 든 내 팔을 껴안으며 모처럼 행복한 표정을 지었다. 나는 가지런히 묶은 아이의 머리카락을 부드럽게 쓰다듬었다.

　로마의 민박집에 도착했다. 뜻밖에도 중국의 조선족 부부
가 주인이었다. 이중으로 된 쇠창살 문을 사람들이 직접 여
닫는 수동식 엘리베이터가 작동되는 모습이 신기했다. 짐을
풀어놓고 제일 먼저 인터넷에 컴퓨터를 연결하여 통장의 잔
고를 확인했다. 어제는 건물주가 보증금을 보내기로 약속한
날이었다. 보증금을 모두 돌려받는다 하더라도 독촉 받고 있
는 빚을 갚기에도 모자라는 돈이지만 당장 필요한 여행경비

는 해결할 수 있을 것이었다. "0"이 찍혀있던 잔고란에 적지 않은 숫자가 표시되어 있었다. 나는 곧장 현금카드를 들고 근처 ATM으로 달려갔다. 그런데 어찌 된 일인지 ATM은 잔액부족이라는 표시만 하고 도로 카드를 뱉어냈다. 분명히 잔고를 확인했는데 잔액부족이라니 영문을 알 수 없었다. 불길한 마음으로 한국시간을 확인했다. 아직 은행이 영업하는 시간이었다. 은행에 국제전화를 걸어 이유를 문의했다. 식당에 자재를 납품하던 회사에서 내 계좌를 압류하고 있었다. 그제야 여행 출발 전 정해진 기한까지 대금을 지불하지 않으면 계좌를 압류하고 강제집행하겠다는 법원의 명령장을 받은 기억이 떠올랐다. 큰일이었다. 선불로 지불해야 하는 로마의 민박 숙박료를 제외하면 내일 당장 점심 사 먹을 돈도 부족했다. 다급한 마음에 동생에게 전화를 걸었다. 자초지종을 설명하고 돈을 부탁했다. 이번 달 직원 월급도 지급하지 못한 상황이라며 미안하다는 대답이 돌아왔다. 동생 사정은 내가 더 잘 알고 있었다. 지난번 보내준 돈도 큰 부담이었을 것이다. 아내를 시켜 처남에게 돈을 부탁했다. 내가 직접 전화할 용기는 없었다. 처남이 보내준 돈을 인출하여 숙소로 돌아오는 길에 동생에게서 문자가 왔다. 채권추심업체에서 보낸 문서가 많은데 어떻게 처리하면 좋을지 묻는 내용이었다. 식자재와 육류를 납품하던 회사들은 내게 돈을 받아내기 위해 채권추심업체에 내 미수채권 회수를 의뢰했던 것이다. 그들은 교묘한 공갈과 협박의 문장들이 빼곡한 문서들을 수시로 보내왔다. 나는 어떤 응답도 하지 못했다.

내 삶을
구원하는 힘

6월 2일 ~ 6월 6일

잔혹해져야 하는가?

우리 숙소는 로마의 가장 큰 기차역인 테르미니역에서 두 블록 떨어진 곳에 위치하고 있었다. 150년 전에 지어진 낡은 건물은 창틀 이격이 맞지 않아 헐렁한 창을 쇠고리로 겨우 걸어 잠글 수 있다. 쇠파이프를 이어붙인 용접 자국이 선명한 침대는 내가 몸을 비틀 때마다 삐걱삐걱 쇠 긁는 소리를 냈다. 거리의 술 취한 남자가 노래하는 쉰 목소리가 벌어진 창틀 사이로 생생하게 들려와 가뜩이나 불면으로 고생하는 나를 괴롭혔다. 건물 앞을 지나는 트램의 진동이 내가 누운 침대까지 두드렸다. 내 삶이 혼란스러워지고 판단할 일이 점점 많아진 후부터 잠은 내가 매일 밤 이겨

내야 할 또 다른 도전이 되었다. 답이 보이지 않는 고민에 사로잡히거나 내 신경을 거슬리는 외부의 소음이 반복되는 날에는 잠을 포기하고 뜬눈으로 해가 뜨기를 기다려야 했다.

추적추적 짓궂게 내리던 비가 그치더니 눈을 가로 뜨게 만들 만큼 햇살이 맑은 아침이었다. 현지 가이드를 만나기 위해 테르미니역으로 걸어갔다. 하나둘씩 모여드는 한국인 관광객들 사이에서 얼굴이 새카맣게 그을리고 깡마른 중년의 동양 남자를 발견했다. 장바구니 같은 허름한 가방을 한쪽 어깨에 멘 그는 반바지와 낡은 샌들에 맨발 차림이었다. 나는 아내를 불러 소지품을 조심하라고 주의를 시켰다. 역에서 방금 깨어난 노숙자이거나 로마의 그 악명 높은 소매치기가 분명해 보였다. 그런데 이 남자, 20명쯤 되는 한국 관광객 사이로 불쑥 끼어들더니 사람들을 자기 주변으로 모으기 시작한다. 자기가 오늘의 가이드라고 소개하며 인원 점검을 마친 후 따라오란다. 어리둥절한 표정으로 주섬주섬 그의 뒤를 따라 버스정류장으로 이동했다. 가이드의 외모를 보니 어쩐지 오늘 일정은 기대하지 말아야겠구나 싶었다. 첫 번째 목적지는 까따꿈베였다. 날씨가 뜨거워서 오전임에도 불구하고 일행들이 벌써 지쳤다. 가이드는 그늘이 있는 계단에 우리 일행을 앉혔다. 그는 2000년의 장대한 로마역사를 하루 만에 설명하는 불가능한 일을 진행하기 위해 시저를 중심으로 이야기를 풀어나갈 것이라고 말했다. 자료 그림을 꺼내 보이며 역사해설을 시작하는 그는 남루한 행색과는 다르게 우리 일행들을 그의 이야기에 완전히 몰입시켰다. 그가 들려주는 이야기 덕분에 나는 바로 눈앞에서 로마의 시민들과 병사들이 홀로그램처럼 공중에 튀어 올라 살아 움직이는 생생한 느낌을 받았다. 박해를 피해 까타꿈베로 쫓겨 들어간 그리스도교도들이 신에게 간절한 구원의 기도를 올리는 모습이 선명하게 보였다. 포로로마노의 잔해가 내려다보이는 언덕에서는 개선문 앞에 모인 시민들을 향해 연설하는 시저의 손짓과 그의 카랑카랑한 음성이 귓가에 들리는 듯했고 잔혹한 축제를 즐기며 광기에 사로잡힌 로마인들의 핏빛 눈동자와 함성이 느껴졌다. 검투장 바닥을 흥건하게 적신 붉은 피 비린내가 코끝을 자극했다.

　가이드가 생생하게 묘사하는 고대 로마의 역사에 심취하면서 나는 한 가지 의문에 사로잡혔다. 이토록 아름다운 건축물과 예술품을 창조한 위대한 인물들이, 도대체 왜? 사람들이 잔인하게 죽어가는 모습을 즐기며 광란했을까? 예나 지금이나 누군가의 처참한 죽음이 없이는 창조 또한 이룩할 수 없는 것인가? 생존경쟁에서 패배하여 처참한 몰골이 되어버린 나는 승자의 유희를 위해 칼을 맞고 피를 토하는 검투사와 다를 바 없다. 내 패배를 내려다보며 누군가는 승리를

환호하며 광란의 밤을 보내고 있을 것으로 생각하니, 승패를 되돌릴 방법을 찾지 못한 채 유럽으로 도망쳐야 했던 나는 가슴이 먹먹해졌다.

로마의 시민들은 아름다움과 예술을 사랑했다지만, 그들의 정복 과정에서 비참하게 생을 마감한 사람들과 굶주린 사자의 날카로운 이빨에 죽어간 검투사들이 분명 존재했다. 승자의 유희를 위해 피를 뿜으며 쓰러져가는 검투사가 되지 않으려면 아무런 기득권이 없는 나는 로마인들처럼 잔혹해져야만 하는가? 그래야만 이 혹독한 생존경쟁에서 승리할 수 있는 것일까?

기도하는 순간

인간의 모습과 마찬가지로 세계 어떤 도시에도 선과 악이, 아름다움과 추함이 서로 공존한다. 악보다 선이 세상을 주도한다는 믿음 때문에 개인의 삶이 지속될 수 있고 세상의 추한 것들을 덮고 남을 만큼 아름다운 것들이 존재한다는 확신 때문에 인류가 번영했다. 여행자들에게 악명을 떨치고 있는 소매치기와 교통 혼잡, 난폭운전과 불결함을 덮어버릴 만큼 신비로운 신화와 위대한 역사와 종교 이야기가 이 도시에 가득하기 때문에 세계 사람들은 로마에 오기를 꿈꾼다.

　오늘은 현지 가이드를 따라 바티칸시국으로 입국했다. 기독교의 상징인 바티칸 지역은 고대 로마인들이 대지의 모신이라 불렀던 키벨레와 그의 배우자인 죽음과 부활의 신 아티스를 숭배하던 곳이었다. 로마인들은 신을 모시고 점을 치는 이곳을 주민들의 통행과 정착을 엄격히 금지했을 만큼 신성시 여겼다. 서기 64년 로마에서 일어난 대화재 이후에 많은 그리스도인의 순교 장소가 되었으며 그 순교자들 중 한사람이 성 베드로이다. 오랜 기독교의 박해가 끝나고 콘스탄티누스가 공식적으로 기독교를 공인한 이후, 베드로의 무덤 위에

최초의 성당이 지어졌다. 오랫동안 이교로 박해받던 기독교의 핵심으로 자리 잡은 바티칸이 실은 많은 이교 신들을 모시기 위한 재단과 무덤이 있었던 곳이라는 사실이 아이러니하게 느껴졌다.

신을 찬양하고 그 위대함을 전하기 위해 수백 년 이전에 만들어진 바티칸 미술관의 조각품과 회화 작품들은 종교와 비종교를 떠나 그 누구에게라도 경이로움을 주기에 충분했다. 인간의 역사와 문화가 주는 감동은 자연의 아름다움이 주는 그것과 통하는 면이 있다. 시스티나 성당 내부의 벤치에 앉아 미켈란젤로의 천지창조를 찬찬히 감상했다. 천장을 빼곡하게 메우고 있는 그림들을 하나하나 지목해가며 진행하는 가이드의 설명에 빠져들었다. 긴 설명 후 뻐근해진 목을 쓰다듬으면서 무려 4년 동안 매일같이 천정을 향해 고개를 꺾고 떨어지는 물감이 눈에 들어가는 고통을 감수하며 작품에 매달린 미켈란젤로의 열정에 소리 없는 박수를 보냈다.

성 베드로 성당 내부에서는 가이드의 설명이 금지되어 있었다. 밖에서 성당에 관한 대략적인 설명을 듣고 입장했다. 교회 타락의 정점을 찍었던 면죄부 발행이 바로 이 위대한

건물을 짓기 위함이었다는 설명에 사람들이 씁쓸한 미소를 지었다. 돈으로 구원을 살 수 있다는 기독교의 위선을 개혁하려는 결과물로 탄생한 오늘날의 개신교 역시 또 다른 모습의 면죄부를 신도들에게 종용하고 있는 것은 아닐까? 창조와 타락과 개혁은 인간의 본능이며 인류의 역사는 그것을 반복하면서 계속된다. 지하에 있는 교황 요한 바오르 2세의 무덤을 먼저 찾았다. 많은 사람이 꽃을 바치고 기도를 하며

저마다 경의를 표했다. 그 진심 어린 모습들을 보면서, 순간 나는 무언가 알 수 없는 감정이 일어나 뭉클해졌다. 종교의 가르침에 충실했던 한 인간의 성스러운 안식처에서 나는 신의 실존에 대한 어렴풋한 감응을 받았다. 나의 감정적 공감은 성 베드로 성당 내부에 들어서면서 신의 존재에 대한 견고한 확신으로 변했다. 그토록 웅장하고 장엄한 건축물이 존재하지도 않는 대상을 위해 지어졌다고는 도무지 생각할 수 없기 때문이었다. 성당 내부를 둘러보는 내내 이곳이 인간의 신앙심과 기술만으로 축조된 건축물이라고는 믿기 어려웠다. 말없이 아이의 손을 꼭 잡으며 천정을 보는데 돔에 뚫린 창을 통해 들어온 한 가닥의 빛줄기가 마치 천상의 신호처럼 성당 내부에 빛기둥을 만들고 있었다. 연재의 어깨를 감싸고 그 빛기둥 속으로 같이 들어갔다. 천상의 빛이 아이의 몸을 내리쬐는 순간을 기다려 손을 모아 기도했다. 내가 비록 카톨릭에 몸담은 사람은 아니었지만 그 순간만은 신의 존재와 그가 행하는 기적을 믿었다. 아이의 병을 고쳐달라는 기도가 제일 간절했다. 나로 인해 가족들이 행복해지고 많은 사람과 행복을 나눌 수 있는 그런 삶을 살아가게 해 달라

머 간청했다. 시간이 지나면서 정수리 위로 내리쬐는 빛줄기
의 온기가 누군가의 응답처럼 내 머리와 뺨과 어깨를 차례로
쓰다듬었다. 마음이 평화로워지면서 따뜻한 기운이 온몸을
휘감았다. 지금껏 나를 괴롭히던 근심들이 빗물에 씻겨 내려
가는 먼지처럼 사라지기 시작했다. 그 빛기둥 안에는 오직
그와 나 그리고 내가 가장 사랑하는 아이만 있을 뿐이었다.
그 순간, 나는 천상에서 보내는 구원의 신호를 강하게 느낄
수 있었다.

폼페이

　　폼페이의 전설 같은 이야기를 증명하는 유
적을 꼭 보고 싶었다. 폼페이와 이탈리아 남부를 투어하는
현지 가이드 프로그램이 있었지만 400유로가 넘는 비용이
필요했다. 가이드 없이 직접 운전해서 폼페이로 갔다. 남쪽
으로 향하는 고속도로를 두 시간쯤 달려 나폴리를 지나면
누가 보아도 알만큼 전형적인 화산분화구 형상의 베수비오
산이 폼페이 근처에 다다랐음을 알려 주었다. 유적지 입구에
서 안내책자를 구입해서 가이드를 대신하기로 했다. 지중해
남부의 햇살은 뜨겁고 공기는 메말라 있었다. 강렬하게 내리
쬐는 햇살이 피부를 자극했지만 이상하게 땀은 흐르지 않았

다. 햇살을 피할 수 있는 담벼락 아래나 나무그늘 밑에만 들
어가도 금방 선선한 바람이 느껴졌다.

돌로 만든 건축물은 화산재에 파묻히기 전 모습 그대로
남아있었다. 집과 가게, 도로와 원형경기장이 조금 전까지
사용되었던 것처럼 잘 보존되어 있었다. 하지만 그것이 전부
였다. 생생한 해설이 없으니 폐허가 되어버린 도시는 흩어진
돌무더기에 불과했다. 역사를 모르는 아이들은 휑한 폐허
속에서 지루해했다.

폼페이에서 조금 더 남쪽으로 내려와 쏘렌토에서 살레르노까지 이어지는 해안도로를 달렸다. 해안 절벽에 바짝 붙어 있는 작은 마을들을 연결하는 도로가 바닷가 절벽을 따라 50㎞ 이상 계속 이어졌다. 푸른 지중해 위를 나는 듯한 아름다운 풍경 속을 달려서 아말피에 도착했다. 마을의 작은 성당에서 때마침 결혼식이 열리고 있었다. 예식을 마치고 성당

을 나오는 신랑신부에게 하객들이 쌀알을 뿌리며 축복을 빌어주었다. 그 모습을 물끄러미 바라보던 아내가 내 쪽으로 고개를 돌리더니 미소를 지었다. 우리의 결혼을 회상하였을 것이다. 생계능력 없는 대학원생에 불과했던 나의 결혼은 돌이켜 보면 참으로 무모한 일이었다. 사회생활을 시작하며 품은 꿈은 불과 몇 년 지나지 않아 산산조각이 나버렸다. 내 욕망은 지나쳤고 넘치는 욕심은 능력 이상의 행동을 감행하게 만들었다. 이제 내게 남은 것은 헤어날 길이 정해지지 않은 또 다른 막연함뿐이다. 나는 다시 아내를 행복하게 해줄 수 있을까?

아름다운 시간의 추억

　　　　　　유럽의 그 어떤 도시보다 내게 많은 것을 보여주고 많은 생각을 하게 만든 로마를 떠났다. 프랑스로 향하는 해안도로를 달리다 보면 분명히 베네치아처럼 해변을 따라 캠핑장이 있을 것이라는 추측 때문에 차를 운전하는 마음이 다른 때보다 가벼웠다. 하지만 얼마 달리지 않아 다다른 해변은 예상과 달랐다. 20킬로가 넘는 해변 전부가 개인이나 호텔의 사유지여서 저마다 담장을 세우고 관광객들에게 이용요금을 받았다. 입장료를 지불하지 않으면 바닷물에 뛰어드는 일은 불가능했다. 우리는 담장 너머에서 넘실거리는 바다를 멀리서 바라볼 수 있을 뿐이었다. 가이드 북에

소개된 별 세 개짜리 캠핑장을 찾아갔다. 어두운 숲 속에 자리한 낡은 시설들이 불결하고 어딘가 음산한 기운이 풍겼다. 낯선 곳에서 가족을 데리고 머물기에 내키지 않는 곳이었다. 곧바로 친퀘테레까지 북상했다. 비탈에 매달린 듯이 포도가 자라는 산마루를 넘어 구불구불한 해안도로를 빠져나가자 절벽 아래에 집들이 보였다. 마을 안으로 차는 들어가지 못하게 되어있어서 입구에 마련된 주차장에 차를 세웠다. 호텔이라는 간판이 걸린 대문마다 벨을 눌렀다. 문은 잠겨있었고 안에서는 인기척이 없었다. 조그만 광장 주변에 숙소를 소개해주는 사무실이 몇 군데 있었다. 처음 두 곳은 마을 전체에 남은 방이 없다 했고 세 번째 사무실에서 하나 남은 숙소를 소개해주었다. 내부고 넓고 전망이 좋은 아파트였지만 하룻밤에 숙박비가 무려 100유로에 달했고 최소 이틀을 머물러야 했다. 우리는 선택의 여지가 없었다. 차로 돌아가 필수적인 짐만 모아 가방을 2개로 줄였다. 어깨에 가방을 메고 엘리베이터가 없는 가파른 계단을 올랐다. 4층 건물의 맨 위층 아파트지만 아래 2층이 산비탈에 묻혀 있어서 우리가 실제로 걸어 올라가야 하는 높이는 6층이었다. 계단이 비좁아서 모퉁이를 돌아설 때마다 어깨에 멘 가방이 통로의 벽에 툭 툭 부딪혔다. 아내와 아이는 짐은커녕 맨몸으로 오르는 것조 차 힘들 만큼 계단이 높았다. 손을 잡아주지 않으면 아이들 이 자칫 뒤로 넘어질 위험이 있었다. 한 층씩 돌아설 때마다 나는 멈춰 서서 가쁜 숨을 몰아쉬어야 했다.

짐을 모두 옮겨놓고 창문을 활짝 열었다. 건물 꼭대기 방에서는 마을 전체를 하나하나 조망할 수 있었다. 갖가지 색으로 칠해진 집들과 집 사이로 이어지는 좁은 골목길. 길들이 만나는 광장의 작은 성당 앞에서 하얀 머리 보자기를 쓴 할머니가 기도에 열중하고 있었다. 흙이 무너질 것 같은 가파른 비탈에서 아슬아슬하게 재배되고 있는 포도나무 이파리가 바닷바람에 위태롭게 흔들렸다. 푸릇한 바다 냄새가 실린 시원한 바람이 땀에 젖은 몸을 식혀주었다. 아이들이 거실에서 옥상 테라스로 연결되는 나선형 계단을 위험하게 뛰어올랐다. 옥상은 더 멋지다며 신이 났다.

가방을 풀어 침실과 욕실과 주방에 필요한 물건으로 나누었다. 어느새 창밖으로 늦은 석양이 드리우고 있었다. 나는 저녁 준비를 하던 아내를 멈춰 세웠다. 해가 저물기 전에 마을 구경을 먼저 다녀오고 싶었다. 파도 소리만 고요하게 들릴 것 같았던 작은 마을 광장에 의외로 관광객들이 북적였다. 바다가 보이는 포구 앞 식당마다 사람들이 가득했다. 석양이 붉게 물들어가는 지중해를 배경으로 로맨틱한 식사를 즐기고 싶었지만 내가 가진 돈으로는 어림없는 사치였다. 식당 옆 가게에서 바게트와 피자를 합쳐놓은 독특한 빵을 사서 광장 벤치에 앉아 나눠 먹었다. 식감이 약간 거칠고 맛이 밋밋했지만 저녁 식사가 늦어 배고픈 아이들은 맛있게 먹었다. 포구 옆 절벽을 따라 해안으로 내려가는 좁은 길 끝에 아이들 머리만 한 큰 자갈이 깔린 해변이 숨어있었다. 평평한 자갈을 골라 아내와 나란히 앉아 해가 지는 바다를 바라보았다. 아이들은 예쁜 자갈을 골라 뾰족한 돌 모서리로 긁어 이름을 새기느라 열심이었다. 다음에 이곳에 다시 오면 찾을만한 곳에 숨겨두겠다고 했다. 아내와 나도 돌 하나씩을 골라 이름을 새겼다. 아이들은 이름이 새겨진 가족의 돌들을 모아 절벽 구석 자리 사람들의 발길이 닿지 않는 곳으로 가져갔다. 땅을 파 헤집고 묻은 자갈 위에 나뭇가지를 꽂아서 위치를 표시했다. 아이들이 자라서 이곳에 다시 올 수 있다면 자신의 이름이 새겨진 돌은 찾지 못하겠지만 우리가 함께했던 아름다운 시간들은 오래도록 추억할 수 있을 것이다.

마치 그들처럼

밤새 비바람이 거세게 불면서 창문을 계속 후려쳤다. 실내가 추웠다. 난방을 하기 위해 보일러 스위치를 이리저리 만져보았지만 작동하지 않았다. 벽장에 있는 이불을 모두 꺼내 두껍게 뒤집어썼다. 아침에는 바람이 가라앉았고 기온도 올랐다. 느긋하게 늦잠을 자고 일어나 창문을 활짝 열었다. 이 작고 낯선 마을에서 단지 하룻밤을 머물렀을 뿐인데 나는 묘한 편안함이 느껴졌다. 갯바위에 붙은 따개비처럼 바닷가 벼랑에 붙어있는 형형색색의 집들이 인상주의 그림처럼 형태와 색상의 경계가 모호한 풍경을 만들고 있었다.

친퀘테레의 다섯 개 마을 중 우리가 묵는 곳은 남쪽 첫 번째 리오마조레 마을이다. 10여 킬로미터 북쪽에 있는 마지막 마을 몬테로소까지 벼랑을 따라 걸어갈 수도 있고 기차를 탈 수도 있다. 우리는 바로 다음 마을 마나롤라까지 걸어갔다가 거기서부터 마지막 마을 몬테로소까지는 기차를 타고 다녀오기로 했다. 코발트 빛 지중해를 내려다보며 걷기 시작하고 얼마 지나지 않아 맑은 하늘에서 갑자기 소나기가 쏟아졌다. 우리는 느닷없는 비를 피하려고 벼랑 기슭에 살짝 튀어나온 바위 아래로 뛰어들었다. 옷이 젖어가는 좁은 바위 아래에서 아이들과 나는 한바탕 웃었다. 소나기가 멈추고 다시 해가 비치면서 몬테로소에 도착하기도 전에 옷이 깨끗이 말랐다. 몬테로소까지는 열차로 30분도 체 걸리지 않았다. 아이들은 옷을 입은 채로 바다에 뛰어들었다.

숙소로 돌아와 저녁을 먹고 아이들이 티브이를 보며 쉬는 사이 아내와 나는 코인 빨래방에 들러 그동안 미뤄두었던 빨래를 했다. 오가는 사람마다 우리에게 정겨운 눈인사를 보내주었다. 할머니 한 분은 내게 말을 걸어왔다. 빠른 이탈리아어를 하나도 알아들을 수 없었지만 대충 박자에 맞춰 고개를 끄덕여 주었다. 이야기를 마친 할머니가 환한 미소를 지으며 내 한쪽 어깨를 슬쩍 쓰다듬더니 돌아섰다. 따뜻하고 정다운 사람들이었다. 빨래가 되기를 기다리며 나는 아내의 다리를 베고 벤치에 길게 누웠다. 아주 오래전부터 이 마을에서 이들과 함께 지내온 사람처럼 나는 마음이 편안해졌다.

빨래가 거의 끝나갈 무렵이었다. 아내가 갑자기 배를 움켜쥐더니 화장실이 급하다고 했다. 아내는 갑작스럽게 신호를 보내고는 기다려주지 않는 성질 급한 장을 가졌다. 그동안의 경험으로 미루어 보아 그 상태로 6층 아파트의 계단을 오르다가는 큰일이 벌어질 것이었다. 어디에 가장 가까운 화장실이 있을까? 급히 주변을 살폈다. 식당에서는 쉽게 허락하지 않을 것이다. 기차역이라면 분명히 공중화장실이 있을 것이다. 아내의 손을 잡고 기차역으로 이어지는 터널 안을 정신없이 뛰었다. 그런데 아뿔싸! 기차역 문이 닫혀있다. 오후 4시에 출발하는 마지막 기차가 끊기면 역을 폐쇄한다는 안내문이 붙어있었다. 아내의 얼굴이 노랗게 변해갔다. 금방이라도 큰일이 날 것 같았다. 역 앞에 카페가 눈에 들어왔다. 주인에게 사정을 설명할 틈도 없이 아내는 화장실로 뛰어들었다. 아내가 일을 마치고 나올 동안 쿠키 몇 개를 사서 화장실 사용료를 대신했다. 이마에 여전히 땀이 송글송글 맺힌 아내가 화장실을 나오며 겸연쩍게 웃었다. 여유를 찾은 아내는 마을로 돌아오면서 다시 천진난만한 표정을 지었다. 내 팔에 매달려 아이처럼 장난을 걸었다.

다시 돌아오기 위해서는 우선 떠나야 한다. 떠나는 그 순간부터 다시 돌아올 기회가 생기는 것이다. 속절없이 나락으로 곤두박질치는 내 삶에서 도망쳐야겠다는 결단을 했을 때, 그것이 내가 원래 희망했던 인생으로 돌아갈 기회가 될 것이라는 기대는 하지 못했다. 하지만 낯선 나라 외진 바닷가 시골 마을에서 그들처럼 여유로운 하루를 보내다 돌아가는 이 순간, 나는 비로소 내 삶을 진정으로 행복하게 만들 새로운 방법이 있을지도 모르겠다고 예감했다.

활짝 열어놓은 창문으로 바닷가 마을이라면 흔할법한 날벌레 한 마리 들어오지 않았다. 손목과 팔꿈치에 붕대를 동여맨 연재는 오늘따라 유난히 뒤척임 없이 잠이 들었다. 아이들과 따로 떨어져 잘 수 있는 숙소에서 모처럼 편안히 잠이 들 것 같다. 잠자는 아이들의 볼에 살포시 입을 맞추고 아내가 있는 방으로 들어왔다. 창문턱에 앉아 가만히 우리를 건너다보는 바람이 상쾌했고 먼 바다 위에 은색의 수를 놓고 있는 달빛이 따듯했다.

내 가슴을
뛰게 하는 일

6월 7일 ~ 6월 15일

비운 만큼 채울 수 있다

　　지중해 연안 도로를 따라 피사와 제노아를 지나쳤다. 검문소는커녕 국경 표지판 조차 보이지 않는 고속도로에서 프랑스어로 바뀌어 있는 이정표를 보고 우리가 또 다른 나라에 와 있다는 사실을 짐작할 뿐이었다. 도시 이름을 딴 가요제가 열리는 산레모를 지나 망통에 도착했다. 프랑스에 도착하면서 마음이 느긋해졌다. 긴 여행을 마무리할 나라이기도 했지만 무엇보다 숙소 걱정은 하지 않아도 되겠구나 싶은 안도감이 컸다. 아이들과 아내와 같이 지낼 안전하고 예산에 맞는 숙소를 찾는 것은 내가 여행 내내 가장 어려운 일이었다. 우리가 가장 편안하게 느꼈던 에탑호텔의 본

사가 프랑스에 있다. 프랑스 전역에서 쉽게 호텔을 찾을 수 있을 것이다.

프랑스 남부해안을 따라 가급적 고속도로를 피해 달리기로 했다. 고속도로를 따라 목적지까지 곧장 가버리면 이 나라 사람들의 생생한 모습을 느낄 수 있는 아름답고 정겨운 시골 마을을 지나쳐버리기 때문이다. 더군다나 이곳은 아름답기로 유명한 프로방스 아닌가! 모나코와 니스의 바다가 내려다보이는 해안가 언덕 위에 고급스러운 저택들이 빼곡했다. 이탈리아의 바닷가 마을이 서민적이고 포근하다면 프랑스의 그것은 조금 더 품위 있고 고급스러운 멋이 있었다. 나는 이탈리아의 소박한 마을이 더 친근하고 따뜻하게 느껴졌다. 담벼락 높은 저택들은 가까이 다가가기만 해도 어디선가 방범 벨이 울릴 것 같은 위압감이 느껴졌다.

해안도로에서 에즈라는 마을을 발견했다. 해안 절벽 정상에 성을 둘러 막은 마을은 하나의 작은 출입문을 통해서만 들어갈 수 있었다. 이탈리아와 마찬가지로 이곳 역시 너른 평원을 놔두고 왜 이렇게 가파르고 험한 절벽에 집을 짓고

살았을까? 지키지 못하면 약탈당하는 처절한 약육강식의 시대에 살아남아야 했던 사람들의 절박함이 높고 두터운 성체와 작은 출입문에서 느껴졌다. 고속도로를 달리다 보면 평원이 내려다보이는 언덕 위에는 어김없이 성이 있고 마치 탁 트인 사방을 경계하려는 듯 높이 솟은 종탑이 있다. 오늘날에야 아름다운 중세마을을 경험하겠다며 밀려드는 관광객들을 맞이하는 명소가 되었지만 그 시대를 살았던 사람들에게는 적이 언제 나타날지 몰라 가슴을 졸이며 숨어 지내야 했던 공포와 두려움의 장소였을 것이다. 푸른 바다가 멀리 보이는 아름다운 마을 모습이 어딘가 서글펐다. 마을 안으로 들어가면 지금도 주민이 거주하는 집들이 옛 모습 그대로 보존되어 있었다. 옛것을 고스란히 간직한 모습에 감탄했다. 이곳에 사는 사람들은 생활이 편리하도록 현대적으로 집을 고치거나 좁은 진입로를 넓혀 마을 안으로 차가 쉽게 들어가도록 만들지 않았다. 옛길과 옛 건물을 고스란히 보존하면서 생활공간으로 이용하거나 식당이나 갤러리 혹은 기념품 가게로 활용했다. 이렇듯 중세의 모습을 고스란히 간직한 곳이라면 관광객들은 오래된 골목을 거니는 것만으로도 충분

히 만족할 수 있을 것이다. 너저분한 음식점과 유래를 알 수 없는 조잡한 기념품 가게들이 즐비한 우리나라의 문화재 주변 환경과 비교하면 참으로 아름다운 풍경이었다. 옛 건물을 훼손하지 않을 정도의 작은 식당과 카페 몇 곳이 품위를 지키며 운영되고 있었고, 다른 곳에서는 찾을 수 없는 도자기나 유리 공예품을 전문적으로 판매하는 가게들과 제각기 전문성 있는 미술품을 전시하고 있는 갤러리들이 한때는 볼품없고 별로 중요하지 않았을 해안가 작은 마을에 새로운 품격을 부여했다. 편리하고 새로운 것이 아니라 옛것을 품위 있게 보존해 놓은 모습이야말로 관광객들에게 더 매력적이다.

　여행이 종반으로 접어들수록 생각이 파도처럼 밀려왔다가 또 저만치 물러나고는 했다. 두려운 현실로 다시 돌아가야 하는 시간이 점점 가까워지고 있다. 가슴에는 여전히 아픔이 진득하게 응어리가 되어 뭉쳐있고 실패의 마무리는 여전히 오리무중이다. 이것들을 말끔히 비워내지 못한다면 새로운 것들로 채울 공간을 마련하기 어려울 것이다. 비워야 한다. 그래야 새롭게 출발할 수 있을 테니까.

삶을 예측할 수 있다면?

　　　　비도 바람도 없는 조용한 밤이었다. 연재의 얼굴에 각질이 생겨 푸석해졌고 팔다리 관절 안쪽 피부가 딱딱해지면서 갈라지기 시작했다. 아이가 피부를 긁는 소리가 괴로워 양손 바닥으로 귀를 막고 잠을 청했다. 가려움에 몸서리치면서 잠이 깬 아이는 깊은 한숨을 쉬며 자신의 신세를 한탄했다. 가야 할 길이 짧지 않아 아침에 서둘러 출발해야 했지만 새벽에야 겨우 잠든 아이를 차마 깨우지 못했다. 늦잠을 자고 났더니 그나마 상태가 나아졌다. 몇 개 남지 않은 붕대를 보충하기 위해 근처 약국에 들렀다. 혹시 하는 마음에 아이의 상태를 설명하고 프랑스산 로션을 구입했다. 신경이 날카로워진 아이가 차 뒷자리에 앉아서 동생에게 짜증을 부렸다. 아이의 관심을 다른 곳으로 돌리기 위해 슈퍼에 들러 아이들이 좋아할 만한 간식과 쌀과 물을 구입했다. 달콤한 간식을 먹은 아이의 기분이 한결 좋아진 듯 보였다. 아토피가 심해지는 날만 제외하면 아이는 별 투정 없이 우리의 힘겨운 여행에 잘 동행해주었다. 그런 아이를 볼 때마다 나는 대견하고 또 안타까웠다.

빈센트 반 고흐는 아를에 머무는 동안, '해바라기' '노란 집' '밤의 카페' 같은 명작을 남겼다. 후대 사람들은 고흐의 생애 중 가장 아름다운 작품을 탄생시킨 곳이 바로 이곳이라며 은근슬쩍 천재 화가와 아를의 관계를 강조하면서 관광객을 끌어모으려 한다. 하지만 당시 아를에 살던 사람들은 그의 천재성을 전혀 알아보지 못했다. 빛의 인상을 그린다며 사물의 형태도 불분명한 이상한 그림을 그리는 괴팍스러운 그림쟁이로 치부해 버렸다. 자신의 예술세계를 인정받지 못한 괴로움 때문에 귀를 자르고 스스로 머리에 총을 발사하는 광기를 보이며 죽은 후 그의 작품이 유명해지자 그가 한 곳에 정착하지 못하고 떠돌던 프랑스의 여러 마을이 고흐와의 연관성을 강조하기 시작했다. 그림이 팔리지 않아 궁핍했던 고흐는 동생 테오가 보내온 생활비를 아끼기 위해 자신이 그린 밤의 카페에 앉아 제대로 식사나 한번 했을까? 돌연 그에게 안타까운 마음이 들었다. 자신이 기거하는 비좁은 하숙방이 온통 따뜻한 노란색으로 보일 정도로 행복하였을까? 아니면, 삶의 경쟁에서 낙오한 내가 현실을 비관하고 주변을 원망하듯 자신의 예술세계를 몰라보는 사람들을 경멸하며 분노했을까?

　아비뇽 성 바로 앞에 위치한 호텔은 지금까지 머물렀던 에탑호텔 중에서 최고로 만족스럽다. 구시가지와 가까웠고 새로 지은 건물이 깨끗했다. 중세의 모습이 고스란히 남아있는 성곽과 교황청 뒤로, 아비뇽의 깊은 역사를 품은 론강이 흐르고 있었다. 중세 종교 중심의 사회에서 무소불위의 권위를 가지고 있던 교황이 한순간 이 궁벽한 도시에 유수당한 심정은 어땠을까? 자신의 삶이 그렇게 변하리라 결코 예측하지 못했을 것이다. 삶을 예측할 수 있다면 우리는 어떻게 될

까? 실패를 예견하고 피하며 성공하는 일만 선택해서 살아
간다면 어떨까? 인생이 끔찍하게 단조로워져서 살아가는 의
미를 찾기 힘들 것이다. 예측할 수 없어서 두렵기도 하지만
모르기 때문에 궁금하고 흥미로운 것이 바로 삶이다. 내 삶
의 미래는 두렵고 무서운 것이 아니라 궁금하고 기대되는 일
상의 연속이어야 한다. 견디면서 살아내는 것이 아니라 하루
하루가 내 인생을 위대하게 하는 과정이어야 한다. 삶은 도
전하고 실패하고 극복하고 성공하는 한 인간의 서사시가 되
어야 한다.

밀밭 위의 노을

　　아비뇽에서 다음 목적지 몽셸미셸까지 자그마치 1,100㎞가 되는 거리를 시속 100㎞로 꾸준하게 달려도 11시간, 나처럼 천천히 운전하는 사람은 그보다 훨씬 더 오랜 시간이 필요할 것이었다. 여행 일정을 정할 때, 지도의 스케일을 손가락 마디로 대충 가늠하여 이동 거리를 정했더니 실제 체감거리와 차이가 큰 경우가 많다. 몽셸미셸로 가지 말고 곧장 북상하면서 디종에서 하룻밤을 보낸 뒤 파리에 하루 일찍 도착해서 조금 여유롭게 여행의 마지막을 보낼 수 있도록 일정을 바꿨다.

　지금은 프랑스의 어느 도시와 별반 다를 것 없는 디종은 한

때 화려한 문화를 자랑하던 부르고뉴 공국의 수도였다. 근래에는 프랑스를 대표하는 부르고뉴 와인의 생산지로 우리에게 더 유명하다. 호텔에 체크인한 후 천천히 구 시가지를 둘러볼 참이었는데 빈 객실이 없었다. 확실한 여정이 없는 여행에서 흔한 일이라 여겼지만 매번 당황스러운 것은 어쩔 수 없다. 가까운 호텔을 소개해 달라 부탁했다. 직원은 직접 전화를 걸어 친절하게 예약까지 해주었다. 체크인 시간을 맞추기 위해 디종 관광은 포기하고 약간 남쪽으로 차를 달렸다. 마을과 동떨어진 넓은 평원에 호텔만 덩그러니 있었다. 건물 주변의 밀밭에 밀이 누렇게 익었고 다른 건물은 보이지 않았다. 지평선에 걸려 있던 짙은 구름이 바람에 걷히면서 붉은 노을이 쏟아졌다. 바람에 물결치는 은색 밀밭 위를 따라 반짝이는 빛이 파도처럼 출렁거렸다. 눈부신 노을이었다. 아이들을 밖으로 불러냈다. 잔디밭에 뛰며 장난치는 아이들의 웃음소리가 바람결에 흩어졌다. 길을 정해놓은 여행에서는 느낄 수 없는 행복한 순간이었다. 잘못 들어간 길에서 마주치는 낯선 곳, 찾지 못해 헤매다 갑작스레 부딪히는 새로운 것에서 때로는 더 진하게 감동한다. 불그레한 바람이 물결치는 밀밭 위로 노을빛이 작열하는 눈부신 풍경 속에서 뭉클한 행복감이 밀려들었다.

근처 마트에서 반찬거리와 과일을 사서 저녁을 준비하며 모처럼 한가한 시간을 보내고 있는데 연재의 얼굴이 갑자기 건조해지면서 퉁퉁 부어올랐다. 반찬으로 먹다 남은 오이를 얼굴에 붙여서라도 부기를 빼려 했지만 오히려 피부가 벌겋게 변하면서 걷잡을 수 없이 되었다. 서둘러 차가운 물로 샤워를 시켰지만 아이의 상태는 나아지지 않았다. 괴로워하는 아이를 보면서 분노가 가슴속부터 치밀어 올랐다. 나는 상관없었다. 실패도 좌절도 사람들의 손가락질도 그것이 삶이라는 여행에서 내가 맞닥뜨려야 한다면 그것 역시 내 인생의 일부이기에 감당할 수 있었다. 하지만 이 병은 신이 내린 저주다. 아이만 나을 수 있다면 내 온몸의 살갗이 벗겨지고 뼈가 흩어져도 좋으니 제발 이 천형을 내가 대신 받을 수 있도록 해달라고 신께 간청했지만 소용없었다. 한바탕 소동으로 지친 아이가 배가 고프다고 했다. 벌겋게 일어난 얼굴로 목과 팔을 긁적이며 밥을 우물거리는 아이의 모습을 보며 나는 결국 참았던 눈물을 쏟았다.

풍요의 땅

        맑은 아침 햇살이 밀밭 위에 비치면서 은빛으로 반짝였다. 얼굴에 붓기가 여전한 아이가 일찍 일어나 동생과 장난치며 깔깔 웃었다.

    A6 고속도로를 따라 리용에서 파리까지 300㎞가 넘는 거리를 운전하는 동안 길 양쪽으로 지평선을 계속 볼 수 있었다. 시야가 확 트인 일직선 도로가 끝없는 평원 한가운데를 가로질렀다. 산악지역이 대부분이어서 수많은 교량과 터널을 건설하고도 도로를 직선으로 만들기 어려운 우리나라에 비하여 프랑스의 도로는 건설비용도 훨씬 저렴할 것이다. 산이 없으니 터널이 필요 없고 평야의 강은 작은 지류가 많지 않

아 가끔 만나는 큰 강줄기에 몇 개의 교량만 설치하면 그만이었다. 지반의 경사가 작아서 흙을 깎거나 메워 도로 노선을 평탄하게 만드는 수고도 적을 것이다.

넓고 비옥한 땅에서 손쉽게 풍부한 식량을 생산할 수 있는 이 나라에서 문화 예술이 꽃피운 것은 당연한 일이다. 하지만 그 풍요의 결실은 집권자와 귀족 집단들의 향락에 소모되었다. 비참한 생활을 견디지 못한 농민들은 마침내 혁명을 성공시켰지만 그 후에도 그들이 진정한 나라의 주인공이 되었다는 증거는 미약하다. 지금 전 세계 사람들은 당시의 농민들이 그토록 타파하길 원했던 귀족들의 향락과 사치의 흔적을 보기 위해 프랑스로 몰려든다. 좁은 국토 안에서 내가 살기 위해 타인을 짓밟아야 하는 경쟁을 강요받는 우리나라에 비하여 이 나라는 분명 축복받은 땅이 분명하다. 풍요로운 땅에서 생존에 필요한 의식주를 쉽게 해결하고 나면 사람들은 어떻게 삶을 즐길 수 있을까? 고민하게 된다. 자연스럽게 예술이 꽃피우고 문화가 발전한다. 인간의 존엄성이 무엇보다 중요하게 여겨지면서 정치와 사회 시스템이 이성적이고 합리적으로 개선된다. 아이들이 자유롭고 창의적으로

자라도록 교육시스템이 발전한다. 이 나라의 독특한 대학입
학 자격시험 빠깔로레아에서는 몇 문제의 철학적 사고력만
을 검증한다. 최소한의 자격을 통과하면 전국적으로 평준화
된 대학 중 가고 싶은 지역의 원하는 전공을 자유롭게 선택
하여 공부할 수 있다. 청소년기에는 철학적 사고를 통해 미
래를 결정하고 직업을 위한 공부는 대학에 가서 한다는 것
이 이들의 생각이다. 우리나라 아이들은 십 대 초반부터 어
른들의 획일적인 꿈을 주입 당한다. 아이들은 자신들의 꿈을
고민해 볼 기회조차 주어지지 않는다. 기득권층은 여전히
자신의 부와 권력을 지키기 위해 진입장벽을 높이 설치해놓

았고 우리는 그 벽을 넘기 위해 비인간적인 경쟁을 시도한다. 척박한 자연환경 때문인지, 식민시대와 독재시대를 거치면서 형성된 국민의 삐딱한 가치관 때문인지 판단할 수 없지만 내 아이들이 자라야 할 나라의 교육 현실은 암울하다. 시원하게 펼쳐진 평원을 4시간 넘게 운전하면서 나는 생각이 복잡해졌다.

에탑호텔은 본고장 프랑스에 들어오면서 오히려 점점 수준이 떨어졌다. 파리 시내의 에탑은 그 중 최악이다. 방에 들어서자 찌든 담배 냄새가 코를 찔렀다. 변기에 앉으면 이마가 벽에 부딪힐 만큼 좁은 화장실에는 지린내가 풍겼다. 창틀을 따라 시커먼 개미가 열을 지어 다녔고. 로비는 차 한 잔 마실 공간 없이 좁았다. 인터넷 속도가 느려 이메일을 열어보는 것조차 힘들었다. 직원의 얼굴에 표정이 없었고 말씨는 사무적이었다. 덩치 큰 어른은 혼자 눕기에도 비좁은 2층 싱글 침대에서 아내와 연재가 아래 칸을, 윤재와 나는 위 칸에 끼어 자야 한다. 이렇게 하면 단돈 45유로에 온 가족이 하룻밤을 보낼 수 있다. 인도계로 보이는 단체 여행객들이 큰 소리로 떠들며 복도를 지나다니고 식사 시간에는 카레 냄새가 호텔 전체에 자욱했다. 로비와 식당을 겸하는 일 층에서 계절에 맞지 않는 낡은 옷을 입고 얼굴에 때가 꼬질꼬질한 남자가 나하고 눈이 마주치면서 씨익 웃었다. 그는 테이블에 놓인 일회용 딸기잼 통을 닦아낸 손가락을 입으로 쪽쪽 빨고 있던 참이었다. 내 주머니 사정은 엄연히 그들과 다름없는 빈털터리지만 아내와 아이의 안전이 걱정이다.

가난한 여행자

밤새 비가 내리더니 아침이 되자 런던이 연상될 만큼 날씨가 쌀쌀해졌다. 숙소가 깨끗하지 않아서 그런지 아이가 밤새 잠을 뒤척였다. 아이가 몸을 긁을 때마다 나도 일어나 피부를 만져주며 진정시키기를 반복했다. 결국 나도 거의 잠을 이루지 못했다.

피곤한 눈을 겨우 뜬 아이는 일어나자마자 밥을 찾았다. 화장실 세면대에서 쌀을 씻어 밥을 지었다. 작은 3인분용 밥솥에 밥을 지으면 4명이 배불리 먹기에는 양이 부족했다. 한국에서 가져온 쌀은 일주일 전에 다 먹었다. 호텔 앞 슈퍼에서 사온 쌀로 지은 밥은 쌀알이 길쭉하고 찰기가 없어서 젓가락으로 집기 힘들었다. 배고픈 아이들은 반찬도 없는 퍼석한 밥을 고추장에 쓱쓱 비벼서 맛있게 먹었다. 나는 아이들이 충분히 먹고 수저를 놓기 기다렸다가 남은 밥과 반찬으로 식사를 대신하였기 때문에 언제나 양이 부족했다. 입맛에 맞는 한국 쌀은 구할 수 없었고 아침마다 밥을 두 번 할 수도 없었다. 아이들을 먹이는 일이 우선이었다. 부족하게 아침 식사를 마치면 나는 숙소를 나오자마자 빵을 산다. 그런 내 모습을 보고 아이와 아내는 밥 먹자마자 빵을 찾는 내가 한국 남자답지 않게 빵을 참 좋아한다고 놀린다. 나는 마른 빵을 우적우적 씹으며 말없이 웃는다. '얘들아! 사실은 아빠가 아침마다 무척 배가 고프단다'라고 말하지 못한다. 그러면 아침마다 아이들이 아빠 먹을 밥을 남기기 위해 배불리 먹지 않을 것이기 때문이다.

식당에 적자가 쌓이고 들어오는 돈보다 줄 돈이 많아서 괴롭던 어느 날이었다. 밀린 월급과 자재비를 주기 위해 계좌에 있는 잔고를 천원 단위까지 인출해서 지불하고 퇴근하던 길에 아내의 전화를 받았다. 내일 아침에 먹을 쌀이 없으니 사오라는 부탁이었다. 쌀 파는 가게 앞에서 한참 동안 주머니와 차 안의 잔돈을 헤아렸지만 내게는 쌀 한 자루 살 돈도 남아있지 않았다. 어쩔 수 없이 빈손으로 집으로 들어가 깜빡 잊었다고 변명했다. 아내에게 생활비를 제대로 주지 못한 지 반년도 넘었을 때였다. 다음 날 아침 아내는 냉장고에 있던 식은 밥을 데워주면서 따뜻하게 새 밥을 지어주지 못해 미안하다고 말했다.

지난 한 달 동안 무려 8,300㎞ 넘게 우리 가족을 이국의 도시들로 무사히 실어 날라준 자동차를 반납했다. 라데팡스 근처의 푸조사무실에 차를 넘겨주고 돌려받은 보증금 130유로와 주머니에 남아있던 300유로가 나의 전 재산이다. 파리에 머물면서 필요한 경비를 쓰고 한국으로 돌아갈 비용이 필요했지만 어림없는 금액이다. 남은 4일간 숙박비도 내야 하고 물가가 높다는 파리는 식사비용도 만만치 않을 것이다. 이미 한 번 돈을 보내준 동생과 처남 외에 마땅히 돈을 빌려 달라고 부탁할 사람이 없었다. 주머니에 있던 돈을 헤아리다 나도 모르게 표정이 굳어졌다. 상황을 알아차린 아내가 오빠에게 한 번 더 부탁해보겠다고 했지만 나는 도저히 염치가 없었다. 아내가 다른 아이디어를 생각해냈다. 친구들과 매달 곗돈을 모아 일 년에 한 번 타는 달이 8월인데 모임 대표에게 두 달쯤 일찍 돈을 받도록 부탁해보겠다고 했다. 문자를 보내고 승낙하는 답이 오기를 기대하면서 우리는 라데팡스로 갔다. 그랑드 아르슈는 중앙이 뻥 뚫린 미니멀한 육면체의 크기가 샹엘리제 개선문의 2배나 되는 거대한 건물이다. 루브르 궁전의 개선문과 더불어 파리에 있는 3개의 개선문은 정확히 일직선 상에 배치되어 있다. 세느강변 루브르 궁전에서 샹엘리제 거리를 연결하는 에투알 광장을 지나 신도시 라데팡스에 건축된 세 개의 개선문들이 프랑스의 역사에서 가장 찬란했던 시대를 상징했다.

아내의 모임 대표에게서 돈 받을 계좌번호를 알려달라는 답장이 왔다. 1,500유로가 더 생기면 한국으로 돌아갈 때까지 돈 걱정은 안 해도 된다. 비로소 이 도시의 참모습을 보기 위한 마음의 여유가 생겼다. 세계의 수많은 예술가에게 끊임없이 영감과 상상력을 불어넣은 파리는 많은 거장의 활동무대였고 그들이 탄생시킨 명작들의 주요한 배경이었다.

때문에 도시의 진면목을 보기 위해서는 예술가들의 작품을 볼 수 있는 미술관과 박물관을 가야 한다. 루브르 박물관은 내일 가이드 투어가 예약되어 있어서 오늘은 오르세 미술관을 찾기로 했다. 나는 인상주의 화가들이 빛을 관찰하고 표현하는 방법에 정서적으로 깊이 공감하고 있다. 아파트를 매각한 자금으로 식당 건물을 신축할 때도 내가 가장 심혈을 기울인 것은 가게 출입구의 그림이었다. 아마추어 화가를 시켜 출입구 벽이 가득 차도록 고흐의 밤의 카페 테라스를 모사했다. 노란 차양이 야광처럼 빛나는 그림은 가게의 상징이 되었고 방문하는 손님들에게 강한 인상을 남겼다.

고흐, 모네, 마네와 같은 위대한 작가들의 '별이 빛나는 밤' '양귀비 꽃밭' '풀밭 위의 식사' 등의 작품을 실물로 감상하며 도록으로 보는 것과는 완전히 다른 감동을 받았다. 지친 몸과 복잡한 생각에도 불구하고 미술관에 머무는 동안 내 인생 처음으로 미술작품에 진정으로 동화되었다. 예술작품 감상은 교양 있는 척하는 사람들의 가식에 불과한 것이라는 나의 냉소적인 생각을 바꾸는 계기가 되었다. 명작으로 인정되어 수백억 원에 거래되는 미술품들의 가치가 오르세 미술관에서 내 가슴속에 밀려들던 그 감동의 값이라면 나는 이제 그 가치에 동의하고 싶다. 가족에 대한 내 의무를 언젠가 모두 마칠 수 있다면 나는 예술가로 늙어가고 싶다. 그림을 그려도 좋고 글을 써도 좋고 사진을 찍어도 좋을 것이다. 내가 예술적 감성을 작품으로 표현하는 재능을 뒤늦게라도 익힐 수 있다면, 예술을 창작하는 과정에 몰입하면서 내 인생을 마무리하고 싶다.

드디어 돈이 들어왔다. 숙소로 돌아가는 길에 아내의 계좌에서 유로화를 인출했다. 안도의 한숨을 내쉬며 기뻐해야 할지 슬퍼해야 할지 모호한 감정이 일었다. 이제 파리에 머무는 동안 숙소와 식사 걱정은 하지 않아도 된다. 한국에 돌아가 감당할 일은 이곳에 머무는 동안에는 생각하지 않기로 마음먹었다.

달콤하다 말하지 못하고

　　예술작품의 가치에 감응하지 못하는 아이들에게 미술관은 그저 따분한 곳이다. 전시실을 옮겨 다니는 아빠의 걸음이 멈추면 아이들은 바닥에 주저앉았다. 내가 그림을 감상하기 위해 멈춘 짧은 시간 동안 윤재는 아빠의 신발 앞코에 조그만 엉덩이를 걸치고 무릎을 모아 앉아 휴식을 취했다. 더러운 바닥에 아이의 엉덩이가 닿지 않도록 나는 정강이를 바로 세워 발등 공간을 조금이라도 더 확보하기 위해 애썼다. 아빠의 발등조차 동생에게 뺏긴 연재는 내 허벅지를 안아 쥐고 선 채로 졸았다.

　　햇빛을 받은 얇은 치마가 금방이라도 여신의 피부를 따라

스르륵 흘러내릴 것 같은 니케 여신의 섬세한 모습이 아이에게는 그저 오래된 돌조각에 불과했다. 그 유명세답게 엄청난 인파에 둘러싸인 모나리자는 예상보다 크기가 작았다. 아이들을 목마 태웠지만 멀리서조차 제대로 보기 힘들었다. 인체의 아름다움을 가장 완벽하게 표현한 조각이라는 밀로의 비너스는 팔 없는 여자의 벌거벗은 모습에 지나지 않을 것이고 등장인물들의 묘사가 탁월한 다비드의 나폴레옹 황제 대관식은 엄청나게 큰 그림일 뿐이다. 박물관을 나와 샹엘리제 거리를 걸었다. 내가 낯선 광경에 넋을 빼앗긴 사이 아이는 아빠 손을 잡은 채 걸으면서 졸았다. 아이를 등에 업었다. 잠이 들어 축 처진 아이의 체온 때문에 등이 땀으로 흥건해졌다. 눈부신 석양이 후광처럼 빛나는 웅장한 개선문 앞 벤치에 아이를 뉘었다. 차량의 소음에도 불구하고 아이는 미동도 하지 않고 깊은 잠에 빠져 있었다. 아이들은 과연 우리가 겪었던 모험을 어떻게 기억할까? 우리가 그동안 함께 보았던 예술작품과 자연경관 그리고 함께 듣고 배웠던 역사는 아이들의 인생에 어떤 영향을 미칠까? 헌신적인 아빠, 사랑스러운 엄마로 기억될 수 있을까? 혹시 돈키호테처럼 반쯤 정신이 없는 아빠에게 끌려다니며 의미 없는 고생만 했다고 생각하지는 않을까?

마카롱으로 유명한 카페가 샹엘리제 거리에 있었다. 동전만 한 크기의 마카롱 한 개가 2유로, 선뜻 구입하기에는 용기가 필요한 금액이었다. 생전 처음 보는 형형색색의 마카롱을 구경하며 아이들이 군침을 삼켰다. 4개가 들어있는 가장 작은 박스를 샀다. 부드러운 빵이 뭉그러지지 않게 조심하면서 아이들의 입으로 가져갔다. 나도 맛이 궁금했지만 목구멍으로 넘어가는 군침을 감추기 위해 아이들이 다 먹을 동안 길 쪽으로 시선을 돌렸다. 연재가 아빠도 맛보라며 손을 내밀었다. 못 이기는체하며 앞니로 마카롱 귀퉁이를 살짝 깨물었다. "에이, 맛이 뭐 이래! 물컹하고 느끼해서 못 먹겠다"라

고 말하며 아이에게 남은 조각을 돌려주었다. 달콤하고 부드
럽다고 말하지 못했다.

| 키스

극한의 화려함으로 치장된 베르사유 궁전을 보면서 귀족들의 사치를 위해 착취당했던 농민들의 혁명은 필연이었을 것이라는 생각이 들었다. 성난 군중들에게 붙잡힌 루이 16세 내외는 습하고 어두운 지하에 갇혀 단두대로 끌려갈 순간만 초조하게 기다리면서 과연 어떤 생각을 했을까? 자신들이 무엇을 잘못했고 군중들이 왜 그렇게 분노하는지 목이 잘리는 그 순간까지 이해하지 못했을 것이다. 그들의 권력은 쟁취한 것이 아니었다. 그들은 단 한 번도 가난했거나 멸시받는 신분에 있지 않았다. 아버지와 그 아버지의 아버지로부터 물려받은 부유함과 권력을 태어날 때부터 누리며 살았을 뿐이다. 부귀하게 태어나지 못한 대부분은 그런 류의 사람들을 욕하면서 동시에 부러워하는 이중적인 태도를 취한다. 그들이 지금의 모습이 되기까지 저질렀던 나쁜 짓들을 끄집어내고 욕하면서 자신도 기회만 얻는다면 똑같은 일을 저질러서라도 부귀를 얻겠다고 말하기도 한다. 나 역시 그랬다. 돈을 버는 일이라면 무슨 일이든 좋다고 생각했다. 내 행복은 얼마간 미뤄도 괜찮다고 생각했고 가족은 잘 참아주리라 기대했다. 나는 비범한 판단력과 추진력을 가지고 있어서 남들이 하지 못한 일을 이룰 수 있을 것이라 단정 지었다. 그만큼 교만했다. 더 부유해지고 더 귀해지기 위해 무슨 일이든 할 각오였다. 베르사이유에서 파리로 돌아오는 기차의 에어컨이 고장이었다. 가만히 있어도 온몸에서 땀이 줄줄 흘렀다. 하지만 그것은 단지 무더운 날씨와 답답한 열차 때문만은 아니었다. 내 판단이 얼마나 어리석었는지 깨달으면서 느끼는 한 줄기 공포였다.

파리의 야경이 가장 멋지게 보이는 시간에 맞추어 세느강을 유람하는 바트무슈를 탑승했다. 폭이 좁은 유람선도 거우 비켜 갈 만큼 강은 넓지 않았다. 밤이 되면 강가의 건물들에 조명을 비추어 화려한 야경을 연출했다. 우리는 2층 갑판 제일 앞쪽에서 시원한 강바람을 맞으며 그 풍경에 취했다. 아내가 내 팔에 얼굴을 묻었다.

극심한 매출부진을 벗어나기 위해 새 메뉴를 개발하고 직원 교육과 홍보를 강화했지만 손님의 발길은 오히려 시간이 갈수록 조금씩 줄어들었다. 전 국민을 공포로 몰아넣은 광우병 파동 때문에 내 노력은 매번 허사가 되었다. 마지막으로 기대했던 것은 예기치 않는 행운이 오거나 기적이 일어나는 일뿐이었다. 행운을 기대하며 주말마다 복권을 사 모으기도 하고 기적이 일어나기를 기원하며 신께 기도를 올리기도 했다. 직원들이 출근하기 전 이른 아침, 가게에 일찍 출근하여 향을 피워 나쁜 기운을 없애고 구석에서 경건하게 앉아 천수경을 외웠다. 사람들이 잘 찾지 않는 청계사 구석 작은 누각이나 영험한 기운이 있어 소원을 잘 들어준다는 석모도 보문사를 찾아 홀로 백팔 배를 올리기도 했다. 하지만 기적은 일어나지 않았다. 월급날 전날에는 뜬눈으로 밤을 지

새우기 일쑤였다. 그대로 내일 해가 뜨지 않기를 간절히 바라던 어느 날 아침, 가게로 출근하던 차를 돌려 무작정 팔당 댐으로 향했다. 댐에 갇힌 물이 잘 내려다보이는 언덕에 차를 세워놓고 시커먼 호수를 내려다보며 연신 담배만 피워댔다. 아내와 아이들만 없었더라면 내 삶은 그 순간 끝나버렸을지도 몰랐다. 잘못된 용기를 감행한다면 비록 나는 고통에서 벗어날 수 있을지 모르지만 남겨진 가족들이 느낄 슬픔은 어떡할 것이며 내가 없는 세상에서 살아가야 할 그들의 고통은 또 어떻게 할 것인가? 생각해 보았다. 그리고 나는 고통만 남은 현실로 핸들을 되돌렸다. 잘한 일이었다. 그때 그 죽음의 강물을 뒤로하고 돌아오지 않았다면 지금 이 이국의 강 위를 항해하며 새로운 희망과 용기, 이렇듯 뭉글뭉글 피어오르는 벅찬 감동도 없었을 테니까!

나는 아내의 얼굴을 끌어당겨 깊은 키스를 나누었다.

파리의 빛과 내 마음의 빛

샤이오궁 앞 잔디밭에 누워 서서히 조명으로 불타오르는 에펠탑의 야경을 한 번이라도 본 사람이라면 이 광경 하나만을 위해서라도 파리를 다시 방문하고 싶어 할 것이다. 나는 조명이 켜진 에펠탑을 바라보며 당분간 그 어떤 야경도 내 입에서 감탄사를 불러내기 힘들 것이라 생각했다. 단순히 아름답다는 말로는 표현해내지 못할 만큼 완벽하고 황홀한 이곳에서 나는 파리의 마지막 밤을 보내며 스스로에게 환호를 보냈다. 잔디밭에 나란히 누운 우리가 느끼는 그 행복한 감정은 이전에는 겪어보지 못한 것이었다. 커다란 스크린으로 변한 도시에서 우리 가족은 사랑스러운 로맨틱

영화의 주인공이었고 에펠탑을 바라보며 사랑을 나누는 파리의 연인들은 우리 이야기를 돋보이게 만드는 엑스트라였다. 여행했던 나라와 도시들에 대한 기억들이 한 편의 영화가 되어 내 머릿속에서 상영되었다. 아이가 아프고 지치면 안타까웠지만 경이로운 문화유산과 아름다운 자연경관에 동화되는 모습은 기특했다. 경비가 부족해서 늘 조마조마했지만 언제나 해결할 방법을 찾아냈다. 가끔 길을 잃었지만 예상치 못한 아름다운 마을을 만나는 기회가 되었다. 여행이 박진감 넘치는 한편의 모험 영화라면 삶은 아주 긴 대하드라마다. 주인공이 역경을 이겨내고 행복하게 이야기를 끝내는 영화의 해피엔딩처럼 내 인생 드라마도 결코 이대로 끝나지 않을 것이다. 내가 주인공인 대하드라마는 아직도 반전의 에피소드가 많이 남아있을 것이다.

이상적인 행복을 설정하고 그것을 달성하지 못하면 인생은 불행해진다고 단정 짓는 것은 잘못된 판단이다. 나는 누구도 넘볼 수 없는 부와 권력을 성취해야 하고, 아름다운 아내는 나와 아이들 그리고 부모님께 헌신하며 알뜰하게 가정을 꾸려야 하며, 똑똑한 아이들은 공부와 독서에 몰입하고 나와 아내의 말에 무조건 순종해야 하며, 건강한 부모 형제들은 저마다 영향력 있는 사회적 지위를 갖고 서로가 서로에게 긍정적 영향을 미치며 살아가야 한다는 이상적인 행복이 내 인생의 목표라면 내 삶은 분명히 실패할 것이다. 지속적으로 욕망을 만족시키려는 시도는 행복을 유지하는 방법이 아니다. 내 욕망과 아내와 아이들의 요구를 끊임없이 모두 채우는 것은 불가능하다. 욕망하는 것을 모두 채우겠다거나 원하는 것을 모두 해주겠다는 각오는 실현하기 어려운 일이다. 부유하고 귀한 것만이 행복한 것은 아니다. 행복해야 부귀조차 의미 있는 것이다. 가진 것은 당연하게 여기고 못 가진 것을 원망하게 되면서 불행은 시작된다. 내 삶에서 피할 수 없는 불행들과 불운들을 당당히 이겨내고 작은 기쁨과 미약한 성취감을 쌓아가면서 하루하루 내 인생이 행복해지고 있음을 스스로 믿으면서 살아가야 한다.

망각하지 말 것

　　　　　우리를 공항까지 태워주는 벤의 유리창에 부
딪히는 빗방울들이 제 무게를 이기지 못하고 또르르 미끄러
졌다. 지난밤의 화려함이 사라진 파리는 공연이 끝나고 진한
화장을 지워낸 늙은 무희의 얼굴처럼 지치고 우울해 보였다.
　베트남과 대만 사람의 피가 반반씩 섞였다며 묻지도 않은
자신의 혈통을 소개하는 운전기사는 미소가 온화하고 운전
이 차분했다. 지난 여정이 마치 간밤의 꿈처럼 아련히 떠올
랐다. 유리창에 비친 내 실루엣이 빗물에 일그러져 내렸다.
검게 그을린 얼굴에 볼살은 움푹 파였고 머리칼이 덥수룩해
졌다. 돌아오는 국적 항공기의 식사 메뉴는 믿기지 않게도

비빔밥이었다. 모처럼 제대로 지은 밥을 남김없이 긁어먹은 아이들은 모니터의 만화영화에 정신이 빠졌다. 좁은 이코노미석 의자에서 잠든 아내의 목이 꺾이지 않도록 내 어깨로 받쳐주었다. 카메라의 사진들을 하나씩 넘기면서 나는 지난 기억들을 떠올렸다. 여행이라는 긴 공연을 마치고 이제 무대에서 내려가 일상으로 돌아가야 할 시간이다. 이 도시를 떠나 내가 돌아갈 그곳의 일상은 여전히 아무것도 변하지 않고 내 삶을 갉아먹기 위해 시커먼 아가리를 벌름거리고 있을 것이다. 앞으로의 하루하루는 내가 저질러 놓은 실패의 흔적들을 지우기 위해 지금보다 더 격렬하게 요동칠 것이다. 어쩌면 생존하는 방법을 찾지 못할지도 모른다. 두려움을 이겨낼 만한 용기와 희망이 솟아나기를 기대했지만 한 차례의 여행으로 해결될 일은 아닐 것이다. 하지만 가슴 뭉클한 행복과 샘솟는 작은 용기들을 얻기엔 충분했다. 작은 깨달음조차 쉽게 망각해 버리고 찰나의 기억과 마음의 상처만 남기지 않도록 이 순간순간들을 언제나 되새기면서 살아갈 것이다. 살아가면서 도리 없이 마주쳐야 하는 문제에는 언제나 해답이 있음을 믿으며 사랑하는 내 가족들과 오랫동안 삶이라는

여행을 함께할 것이다. 하루하루를 겨우 살아내는 인생이
아니라 순간순간이 내 인생을 위대하게 만드는 과정이 되도
록 할 것이다.

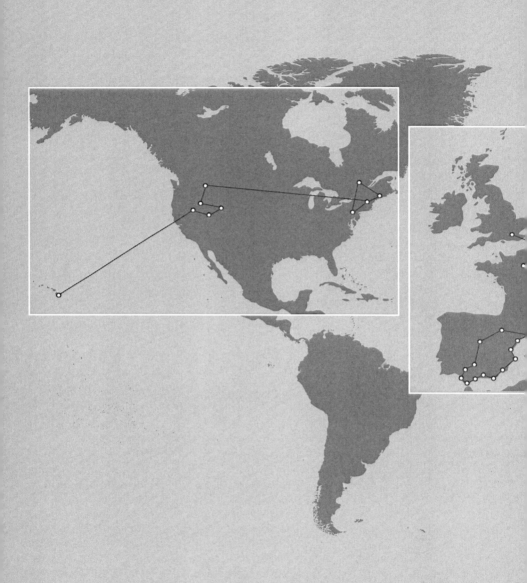

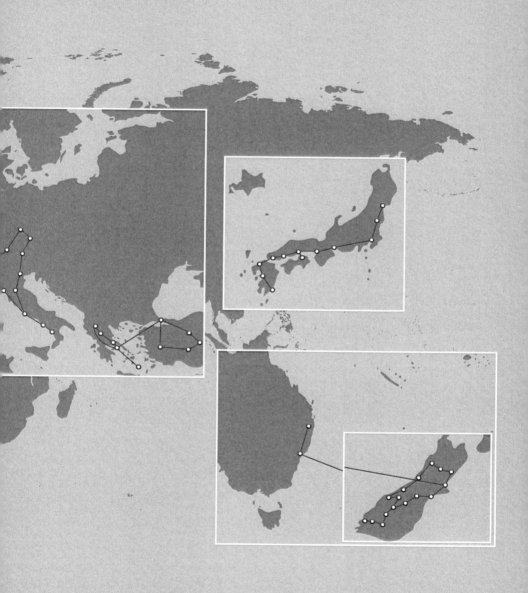

Epilogue

. . . .

그 후의 이야기

여행에서 돌아와 제일 먼저 한 일은 월세가 더 저렴한 아파트로 집을 옮기는 일이었다. 집주인 여자는 이삿짐을 빼내는 인부들 사이에 버티고 서서 제때 받지 못한 월세 때문에 자신이 겪었던 고통을 반복해서 이야기했다. 양심 없고 무책임한 내 젊음을 단단히 비꼬았다. 장롱 구석 자리에 박혀있던 아이들의 부러진 장난감까지 쓰레기 봉투에 담아낸 빈집에서 주인 여자는 싱크대를 열어보고 방문마다 손잡이를 돌려보고 수도꼭지를 틀어보며 꼼꼼하게 점검을 마쳤다. 그제야 여자는 밀린 월세를 제한 보증금을 선심 쓰듯이 돌려주었다.

냉동육을 공급하던 업체를 찾아가 은행계좌에 걸린 압류

를 풀어달라고 부탁했다. 미지급 자재비를 제외하고 계좌에 있던 잔금을 찾을 수 있었다. 지주와는 몇 번의 고성이 더 오가고 두어 번 더 지급 기일을 연기한 끝에 겨우 가게 보증금을 모두 돌려받을 수 있었다. 노동부 중재관은 나를 고소한 직원들을 한 사람 한 사람 대면시키면서 서로 합의하도록 유도했다. 직원들이 요청한 퇴직금의 반을 추가로 지급하기로 약속해야 했다. 법률에 명시된 위법 행위는 명백했고 내가 직원들에게 행한 온정적 기여는 전혀 법적으로 참작되지 않았다. 합의와는 별도로 노동법 위반혐의에 대한 벌금형을 선고받았다. 나는 법적으로 분명한 전과자가 되었다. 남은 보증금으로 돌려주어야 할 빚의 반도 정리하지 못했다. 신도시의 아파트 한 채와 직장생활과 가게 영업으로 모았던 전 재산이 한 순간에 연기처럼 사라졌다.

정신이 나태해지지 않도록 매일 직장인들의 출근 시간에 맞추어 동생 회사에 규칙적으로 나갔다. 별달리 정해진 일은 없었다. 우선 법원에 계류된 문제들을 해결하는 것이 급선무였다. 그 다음은 가족들의 생계를 이어가고 다시 내 꿈을 펼칠 기회를 찾아야 했다. 내가 할 수 있는 일을 동생이 먼저 제안했다. 전에 근무하던 건설회사에서 용역을 수주하여 동생에게 일을 맡기고 나도 얼마간의 이익을 얻을 수 있었다. 다행히 7년 만에 찾아간 예전 선배들은 나에 대한 기억이 나쁘지 않았다. 적극적으로 내 일을 도와주었다. 일을 다시 시작하면서 사람들을 다시 만날 수 있게 되었고 세상에 대한 두려움도 조금씩 줄어들기 시작했다. 일이 늘고 수익이 생기면서 동생 사무실 구석에 책상 하나와 전화기 한 대가 전부인 회사를 설립했다. 물론 근무하는 직원은 내가 유일했다. 활동이 늘어나면서 기회가 조금씩 많아졌다. 일을 도와주던 옛 선배가 기술개발에 참여하도록 주선해 주어서 나는 다시 엔지니어의 삶으로 돌아갈 수 있었다.

조금씩 다시 삶에 희망을 찾으면서 내가 결심한 일은 여행을 계속하는 것이었다. 도망치듯이 떠났던 유럽 여행에서 느낀 행복과 희망은 내가 다시 살아갈 수 있도록 커다란 용기를 주었다. 낯선 곳에서 어려운 일들을 같이 겪으며 우리 가족의 신뢰는 견고해졌다. 쉽지 않았던 여행을 무사히 마무리하고 여행지에서 보고 느꼈던 일들을 추억하며 내 자신에 대한 자부심도 다시 가질 수 있었다. 부질없는 여흥과 사치를 경계하고 돈과 시간을 여행에 투자하기로 했다. 유럽을 다녀온 다음 해에는 미국의 동부, 서부 일부와 하와이를 한 달간 다녀왔다. 그 다음 해에는 뉴질랜드와 호주 일부를 캠핑카로 여행했다. 스페인 중동부를 자동차로 일주했고 또 그 다음 해에는 터키와 그리스에서 한 달간 머물렀다.

매년 여행을 계속하면서 우리 가족은 더할 나위 없이 행복해졌다. 연재는 예쁜 여고생이 되었다. 아토피가 완치되지는 않았지만 가려움 때문에 밤에 잠이 깨는 일은 더 이상 없어졌다. 키가 아빠만 해진 윤재는 언제나 믿음직스럽다.

결혼 20주년이 되는 올해 1월에는 아이들 없이 아내와 단둘이 파리로 기념여행을 다녀왔다. 이번에도 고급스러운 호텔에 머물지 못했다. 돈을 아끼려는 것이 아니라 겸손함을 잃지 않기 위해서였다. 열흘 동안 루브르 박물관 건너편의 작은 호텔에 머물면서 파리 구 시가지 골목골목을 부지런히 돌아다녔다. 오랑주르와 오르세와 퐁피두와 루브르에서 미술 작품에 깊이 빠져들었다. 마레지구와 시테섬과 생제르맹

데프레와 샹엘리제를 거닐며 아이들과의 추억을 기억했다. 에펠탑에 다시 갔고 세느강 유람선을 탔다. 강물 위로 푸릇한 여명이 빛나는 퐁뇌프 다리 위에서 아내를 깊이 끌어안았다. 눈시울이 젖었다. 행복한 눈물이었다.

여행에서 돌아오면 삶은 여전히 생존을 위한 투쟁의 연속이다. 그렇다고 여행이 삶이 되게 할 수도 없는 노릇이다. 내가 겪었던 삶과 여행에서 얻은 깊은 깨달음을 망각하지 않기 위해서 우리 가족의 여정과 나의 깨달음을 글로 남기는 일을 소홀히 하지 않았다. 삶을 여행처럼 즐기며 여행을 삶처럼 갈망하고 싶다.